La nounou barbue

Éditions Eyrolles
61, bd Saint-Germain
75240 Paris Cedex 05
www.editions-eyrolles.com

Éditrice externe : Nolwenn Tréhondart

ISBN : 978-2-212-57084-7

Aloysius Chabossot

La nounou barbue

Roman
EYROLLES

Pour Touria…

Prologue

En découvrant ce grand gaillard barbu aux yeux bleus sur le pas de la porte, je crus qu'il s'agissait encore d'un de ces gars qui cherchent à vous vendre des stères de bois à prix cassé.

— Désolée, je me chauffe au gaz. Et je suis très pressée. Bonne journée !

L'homme me lança un regard plein d'incompréhension, et alors que je m'apprêtais à refermer, il finit par articuler : « Je viens pour l'annonce... »

Incrédule, je le détaillai des pieds à la tête : avec ses chaussures de trappeur, son jean trop large et sa chemise à carreaux de bûcheron, le moins qu'on puisse dire est qu'il ne correspondait pas vraiment à l'annonce, MON annonce, celle que j'avais placardée partout dans le village : à la supérette, la boucherie, la boulangerie, le café de la mairie (de toute façon, il n'y en avait pas d'autres) et même sur certains poteaux électriques, avant de parachever ma campagne d'affichage jusque dans les bourgs alentour. C'est dire à quel point j'étais pressée !

Persuadée qu'il devait faire erreur, je fronçai les sourcils d'un air sceptique.

— De quelle annonce parlez-vous ?

— Celle que j'ai vue au café tout à l'heure. Le patron m'a indiqué le chemin : c'est la dernière maison sur la droite, à quatre cents mètres de la sortie du village, et il a même précisé : vous pouvez pas vous tromper.

Je restai muette une bonne poignée de secondes, le temps de rassembler mes esprits.

— OK… Donc, vous vous proposez pour devenir la… le nounou de mes enfants ?

— C'est exactement ça, madame, me répondit-il, en hochant la tête pour bien que je comprenne que l'offre était tout ce qu'il y avait de plus sérieux.

À ce moment précis de l'histoire, n'importe qui serait parti d'un grand rire, aurait claqué la porte, puis serait retourné sans plus attendre à ses occupations, en se promettant de raconter cette bonne blague à l'ensemble de ses copines. Seulement, n'importe qui, à ce moment précis, n'était certainement pas dans la même galère que moi.

Alors je l'avais tout bonnement invité à s'installer sur mon canapé en vue d'un entretien d'embauche, histoire de voir. De toute façon, il n'y avait pas grand-chose à perdre. Et, surtout, je n'avais pas trop le choix…

Bon, pour comprendre comment la jeune mère de deux adorables enfants, tout à fait saine d'esprit, peut sérieusement envisager de confier sa progéniture tant aimée à un type inconnu, sans doute plus à l'aise à charrier des sacs de cinquante kilos de ciment qu'à réchauffer un petit pot au micro-ondes, il faut revenir quelque temps en arrière, et, tant qu'on y est, que je raconte un peu ma vie.

1

Autrefois... En fait, c'était il y a un an, mais mon existence avait changé en si peu de temps que j'avais l'impression que tout cela s'était déroulé à une époque reculée, genre dernière glaciation quaternaire ! Donc, il y a un an, presque jour pour jour, Denis, l'homme au bras duquel je m'étais présentée devant monsieur le maire un beau jour de printemps, partait s'installer sur l'île de la Réunion afin de vivre au grand jour la passion torride qui l'unissait secrètement à son assistante de direction. Oh ! Je le sais bien : situation ultra-cliché, qui doit bien exister depuis l'âge des cavernes, à supposer que l'homme du même nom ait eu un jour une assistante de direction. N'empêche que ce genre de mésaventures arrive tout le temps, sur tous les continents, et le jour où ça nous tombe dessus, que l'on soit Américain, Suédois ou Inuit, on a déjà moins envie de rire.

Notez, la fille aussi était un cliché ambulant, que j'avais d'ailleurs eu l'occasion de croiser deux ans auparavant à une soirée organisée par des *business partners* de mon mari. Imaginez une grande bringue décolorée, équipée d'airbags en série et de deux neurones qui tournent sans fin dans le bocal qui lui sert de boîte crânienne, tels deux poissons rouges sous-alimentés, et vous aurez une image assez précise du spécimen... Ce qui l'avait attiré chez elle, je me le demande encore. Sa conversation ? Son agilité en matière de galipette crapoteuse ? Mon petit doigt pencherait plutôt pour la deuxième solution, et j'aurais tendance à lui faire confiance.

Toujours est-il que, un soir, ce brave Denis avait déboulé dans le salon en m'annonçant sans prendre plus de gants qu'il me quittait. Bien sûr, il gardait beaucoup d'amitié, voire de tendresse pour moi, et, surtout, surtout, un énorme respect, rapport au fait que j'étais la mère de ses enfants, et blablabla.

Tout d'abord stupéfaite avant de sortir résolument de mes gonds, je l'avais vertement prié de remballer son amitié, sa tendresse et son respect et de se les mettre où je pense. Il s'était offusqué, s'étonnant même qu'une femme d'ordinaire si raffinée que moi émette des propos aussi grossiers. Pour un peu, c'était lui la victime, agressé sans ménagement par les cris d'une harpie hystérique ! Je l'avais coupé tout net dans son délire en lui demandant s'il n'avait pas honte de laisser tomber femme et enfants pour une bimbo anorexique dont la moitié du poids devait être constituée de silicone. Il m'avait rétorqué que je ne devais pas parler de Vanessa comme cela, qu'il s'agissait d'une jeune femme merveilleuse, sensible et que, de toute façon, je ne pouvais pas comprendre. Là, j'avais poussé un hurlement qui l'avait ramené illico à la réalité de la situation.

Bien sûr, il prenait le divorce à sa charge, il allait le confier toutes affaires cessantes à un ami avocat à Bordeaux dont je n'avais jamais entendu parler. À la suite de quoi, il me verserait, promis juré, une coquette pension qui nous permettrait de vivre « comme des princes », les enfants et moi. Quant à Pilou, 1 an et demi, et Lucas 6 ans, il viendrait les voir dès que les « choses se seraient un peu décantées ».

À croire qu'un an plus tard la décantation n'était toujours pas achevée, puisque, en dehors de trois pauvres cartes postales adressées à sa progéniture (« Papa pense bien à vous, papa vous embrasse », ben voyons !), il n'avait plus donné signe de vie. Pareil pour le compte sur lequel il devait me verser sa généreuse pension : rien, nada, encéphalogramme plat !

Je me retrouvais donc seule avec mes deux bambins, perdue à la sortie de Saint-Niche, pimpant petit village de Dordogne traversé par la Vezaine, charmante et sinueuse rivière au fond translucide, entourée de bois, de vignes et de champs de tournesols, dans une grande maison que nous avions achetée cinq ans auparavant, pour accomplir « notre retour à la terre ancestrale ». À l'époque, Denis avait employé l'expression devant nos amis parisiens, avec une pointe de lyrisme dans la voix. Question ancêtres du terroir, il n'avait pourtant pas grand-chose à se mettre sous la dent : sa famille habitait Villetaneuse depuis la nuit des temps et avait, pour la majeure partie des membres, prospéré dans l'administration fiscale. Peu importe. Il n'en pouvait plus de la banlieue parisienne, il avait besoin d'air pur, de vie simple et de plaisirs non frelatés, m'avait-il raconté, des trémolos plein les cordes vocales. Son baratin tout droit sorti du catalogue de Nature et Découvertes m'avait séduite, je dois l'avouer. D'autant que, de mon côté, je commençais à en avoir par-dessus la tête des réflexions acides de Marie-Dominique, la patronne du salon où je travaillais, boulevard Saint-Germain. Coller ma démission sous le nez de ce vieux tromblon acariâtre qui se croyait original avec sa teinture quadricolore s'annonçait comme un intense moment de jouissance, le rêve ultime de la travailleuse exploitée. D'un point de vue matériel, l'exode s'effectuerait dans des conditions plutôt confortables : avec la société de service informatique que dirigeait Denis, on pouvait s'installer partout dans le monde (la Réunion y compris), dès lors que les locaux disposaient d'une ligne internet au débit conséquent.

Quitte à s'expatrier, autant aller s'enraciner dans un endroit sympa où les femmes ne rechignent pas à fréquenter un coiffeur. Aussi avais-je proposé les environs de Bergniac, où tante Lulu, qui voulait prendre ses distances avec le monde du ciseau pour profiter enfin d'une retraite bien méritée, insistait depuis des années pour que je reprenne son salon de coiffure. Pendant toute ma prime jeunesse, à l'époque où mes parents étaient encore de ce monde, j'avais traîné mes culottes sur les fauteuils en skaï rouge de son salon. Dans mes yeux d'enfant, la tante Lulu apparaissait telle la déesse Shiva, ses six bras maniant tour à tour, avec une dextérité égale, ciseaux, peignes, sèche-cheveux et bombe de laque, tout en continuant à discuter de la pluie et du beau temps avec L'ENSEMBLE de ses clientes. C'est en observant le fascinant spectacle de cette multi-instrumentiste hors pair que ma vocation était née : moi aussi, je serai coiffeuse. Et je l'étais devenue, peut-être pas aussi virtuose qu'elle, mais assez habile pour satisfaire la fidèle clientèle du salon Imagina'tif, ainsi que mon espiègle tante l'avait baptisé.

Au départ, Denis avait accueilli ma proposition avec des pincettes. Déjà, parce que l'idée ne venait pas de lui, et ça, il n'aime pas trop (question de principe, faut pas chercher à comprendre). Ensuite, s'installer dans la région signifiait que tante Lulu traînerait forcément dans les parages, et tous les deux ne s'appréciaient pas beaucoup. Lui, la trouvait beaucoup trop dirigiste et sèche, toujours à titiller la petite bête et à tenter de saper sa belle autorité naturelle de mâle conquérant. Elle, estimait qu'il avait tout du faux-jeton prétentieux « avec son air supérieur et ses sourires de représentant de commerce ». Il faut croire que quarante ans passés dans un salon de coiffure, à côtoyer quotidiennement la nature humaine, avaient fait de ma Lulu une fine psychologue. Car l'avenir m'apprendrait qu'elle avait raison sur toute la ligne : mon mari était tout cela et même plus encore. À cette époque, hélas, j'étais beaucoup trop dépendante de lui pour en prendre conscience. Le fourbe n'avait pas son pareil pour me convaincre que, loin de lui, je n'étais qu'une petite chose sans défense, qui serait vite emportée comme un vulgaire fétu de paille par le tourbillon de la vie. Eh bien, à l'heure où je parle, le tourbillon de la vie n'a toujours pas eu raison de moi. Pour le moment, du moins !

À force d'obstination, j'avais néanmoins réussi à l'amadouer, en lui vendant la relative proximité de Bordeaux réputé pour son dynamisme commercial, le coût raisonnable de l'immobilier, les vaches, les prés, les petits chemins qui sentent bon la noisette et ma capacité à neutraliser les soi-disant « accès d'agressivité » de la pauvre tante à son égard.

Pour être honnête, je dois avouer que les premières années s'étaient plutôt agréablement déroulées. À notre arrivée, Lucas était encore un bout de chou, et tante Lulu avait accepté de repousser sa retraite de quelques mois pour que je m'en occupe. Elle avait ensuite pris le relais, ravie de veiller sur son filleul, et moi, j'avais enfin débuté ma carrière de patronne de salon de coiffure. Débordant d'ambition, j'avais cru bon dans un premier temps de renouveler entièrement la décoration : barres de néons roses sur les murs, guirlandes de lampes à LED multicolores au plafond, posters de mannequins aux poses alanguies et boudeuses… La tante Lulu avait observé ces transformations d'un œil sceptique, avant de prononcer sa sentence, irrévocable : « Ça va pas plaire, tes lampions et ton papier alu, trop tape-à-l'œil. » Bien sûr, je lui avais ri au nez : ayant exercé dans un salon parisien huppé, j'étais tout de même mieux placée pour savoir ce qui plaisait à la clientèle, non ? Les semaines suivantes, à mon grand étonnement, le carnet de rendez-vous s'était peu à peu vidé, me ramenant à la raison : la clientèle du salon, composée essentiellement de vieilles habituées, n'était pas prête à goûter les tendances en vogue de la capitale. Mieux : elle n'en avait pas du tout envie ! Tante Lulu, sarcastique, avait vite moqué mon « génie incompris » :

— Alors, madame « Je n'en fais qu'à ma tête », qui avait raison ? On dirait bien que ton « décorum » branchouille, ça leur pique les yeux à tes clientes !

— Tu parles ! Elles refusent surtout de les ouvrir, encroûtées qu'elles sont dans leurs vieilles habitudes !

— Mais bien sûr ! s'était esclaffée Lulu. En attendant, si tu veux espérer gagner ta vie à couper des cheveux, il va falloir que tu les caresses dans le sens du poil, tes « clientes encroûtées » !

À contrecœur, j'avais remballé mes néons et mes lampes à LED, rétabli la déco d'origine à base de publicité pour Pétrole Hahn, de photos d'Alain Delon et de Catherine Deneuve, et, comme par enchantement, le carnet de rendez-vous s'était de nouveau rempli. Comme disait tante Lulu : « Ici, on se fiche pas mal des tendances de Paris, on veut avant tout se sentir à l'aise ! »

Quant à Denis, il avait comme prévu installé le siège de sa société à Bordeaux, pour « déployer son bizness com' ».

Cependant, dès l'arrivée du printemps, il passait son temps dans le jardin, affalé dans un transat, à observer la croissance de ses tomates cerises ou l'intégrité physique des salades qu'il avait amoureusement plantées peu de temps après notre arrivée. Niveau tâches ménagères, en revanche, il était toujours inscrit aux abonnés absents, mais bon, on se consolait en mangeant les légumes du jardin.

Une chose était sûre : l'air de la campagne l'avait transcendé. Oh, une transcendance relativement modeste, mais, pour Denis, c'était déjà énorme. Globalement plus détendu, il savait parfois même se montrer attentionné. D'accord, cela se bornait le plus souvent à l'achat d'une boîte de cannelés dont il dévorait la moitié du contenu avant que j'aie eu le temps d'y goûter, mais cela représentait tout de même un progrès comparé au Denis d'avant, exclusivement focalisé sur son travail. En résumé, cette mise au vert avait offert un coup de *boost* inespéré à notre couple : par moments, et à condition d'observer le tableau de loin, on aurait pu nous prendre pour deux tourtereaux repus de bon grain bio s'épanouissant au doux soleil de la Dordogne. José Bové aurait versé sa larmichette, s'il nous avait vus !

Puis j'étais tombée enceinte pour la deuxième fois, et Pilou était arrivée (son vrai prénom, c'est Pierinne). Alors, avec Lulu, on avait de nouveau échangé nos rôles et elle avait repris du service au salon. Selon elle, il n'aurait pas été raisonnable de laisser l'affaire entre les seules mains de Ghislaine. (Ghislaine, c'est la seconde coiffeuse, excellente professionnelle, bavarde de classe internationale qui vous gère une clientèle comme si elle animait un talk-show du samedi soir, mais côté esthétique, elle possède des goûts bien à elle, très originaux, voire un tantinet fantasques qu'elle a parfois tendance à imposer aux clientes sans leur demander leur avis.) Quant à moi, j'étais redevenue pour quelques mois mère au foyer, un rôle que j'affectionne à la condition qu'il ne s'éternise pas trop. Bref, notre adorable famille coulait des jours heureux au sein d'une vie tranquille, sans histoire, accordée au rythme des saisons, juste chamboulée une fois l'an par une petite quinzaine au bord de la mer, du côté d'Arcachon, station balnéaire dont Denis ne se lassait pas, contrairement à moi qui aurais volontiers visité d'autres contrées. Mais, bon, comme il disait si élégamment : « Pourquoi s'emmerder à partir ailleurs alors qu'on est à deux heures de bagnole de ce petit paradis ? »

Denis était du genre pas compliqué : une fois qu'il avait creusé son sillon, il l'empruntait inlassablement, ravi du rassurant train-train qu'il avait réussi à instaurer. En d'autres termes, mon ex faisait partie de la race des pantouflards, et de l'espèce la plus endurcie. Pourtant, contre toute attente, il ne s'était pas privé d'aller à la rencontre de la nouveauté, du moins pour ce qui concernait la bagatelle. Quel éclair de folie avait traversé son cerveau ronronnant ? Ou ce soudain élan vers l'inconnu était-il à mettre sur le compte de l'irrésistible sex-appeal de son écervelée en minijupe qui, d'un claquement de doigts, lui avait fait perdre le goût des chaussons bien rembourrés ? Je ne le saurai sans doute jamais et, pour être honnête, je m'en fichais carrément, désormais. Une qui n'avait pas eu l'air surprise le moins du monde, c'était tante Lulu. « Je te l'avais bien dit, que je ne le sentais pas, ce gars-là ! Dès que je l'ai vu, je me suis fait la réflexion : celui-là, il va faire tourner ma nièce en bourrique ! Et quand je t'ai dit que madame Chauvin l'avait aperçu à Bordeaux, bras dessus bras dessous avec cette blonde ridicule, tu t'es encore moquée de moi et mes soi-disant commérages ! » Il faut dire que ma chère tante était soucieuse du qu'en-dira-t-on au-delà de toute limite raisonnable, et avait tendance à prendre le moindre potin pour argent comptant. Bon, avec Denis et sa « blonde ridicule », pour une fois, elle avait tapé dans le mille.

Contrairement à ce qui arrive trop souvent chez les conjoints abandonnés du jour au lendemain comme une vieille paire de chaussettes trouées, ma vie n'avait pas sombré dans une succession de déprimes plus ou moins gratinées, accompagnées de leur cortège d'antidépresseurs et autres élixirs de bonheur à haute dose. Bien sûr, j'avais réduit en fines lamelles les quelques cravates à fleurs que le traître avait oubliées dans son empressement, j'avais déchiré avec minutie toutes les photos de notre mariage où l'on apparaissait tous les deux tels deux pigeons roucoulants… « Et après ? m'étais-je dit. C'est vrai que ça défoule, mais je ne vais tout de même pas passer le restant de ma vie à réduire en miettes tout ce qui se rattache de près ou de loin à Denis ! » J'avais donc décidé, un jour, de mettre une croix définitive sur ce lâche et de ne garder tout au fond de ma mémoire que les quelques bons souvenirs de ces années de mariage. Rapidement, je m'étais organisé une nouvelle vie, qui tournait exclusivement autour de Pilou, Lucas, le salon de coiffure, et, cela va de soi, tante Lulu. Ma chère tante m'avait aidée à trouver la porte de sortie : ne plus y penser, ne jamais me retourner, juste regarder la route qui s'ouvrait devant moi. Cette méthode radicale m'avait permis de faire face à l'adversité. Heureusement qu'elle avait été là pour soutenir de ses deux bras pourtant maigrichons « la courageuse petite bonne femme que je suis » : toujours vaillante, bavarde comme une pie, débordante d'énergie malgré ses 70 printemps et ses articulations qui lui jouent parfois des tours. Tous les matins, hiver comme été, elle avait parcouru au volant de sa vieille guimbarde les quinze kilomètres qui la séparent de Saint-Niche pour s'occuper des doudous pendant que j'allais cisailler et colorer de la tignasse locale au salon, situé en plein centre de Bergniac (Bergniac, c'est LA grosse ville du coin, à trente kilomètres plus au nord : 15 000 habitants, un cinéma, une piscine, un marché aux oies une fois par mois). Sans parler de tous les soirs où elle m'avait épaulée, quand la charge me paraissait trop lourde à porter. C'est bien simple : sans la tante Lulu, je ne sais pas ce que je serais devenue. Pour toutes ces raisons, je m'accommodais fort bien de son caractère que certains (plus objectifs que moi) qualifiaient de « pas facile » et légèrement « soupe au lait ».

Ma situation n'était pas rose pour autant : à tout juste 37 ans, lorsque je regardais avec attention cette fameuse route qui s'étalait devant moi, je n'apercevais qu'un chemin étroit, maussade et rectiligne, telle une départementale qui file tout droit à travers champs. Certes, les enfants étaient là, qui m'inoculaient chaque jour leur dose de joie et le réconfort nécessaire à ce genre de voyage. Toutefois, en considérant les choses sous un angle plus intime, les perspectives d'avenir s'avéraient dramatiquement limitées pour une mère célibataire, habitant un petit village de 2658 âmes (2659 avant que Jeannette Pichard ne passe l'arme à gauche la semaine dernière). Je ne pensais pas au « Big Love » : de ce côté-là, j'étais vaccinée pour un bout de temps. Non, il était juste question, plus simplement, d'affection, de tendresse... mais aussi, plus prosaïquement, de sexe. Mine de rien, pour une jeune femme en pleine possession de ses moyens et en parfait état de marche, cela faisait plus d'un an que je n'avais pas fait l'amour (en phase terminale de vie commune, Denis était bien trop sollicité par la demande extérieure pour consacrer ne serait-ce qu'une once de son énergie virile à me faire des câlins). Un an... autant dire une éternité ! Il ne fallait pas se voiler la face : ce n'était pas à Saint-Niche que j'allais trouver un mâle à me mettre sous la dent. Sans vouloir être mauvaise langue, le village n'était pas loin de ressembler à une maison de retraite en plein air, et les habitants dispensés de canne pour se déplacer s'y comptaient sur les doigts de la main. Le drame des campagnes désertées par la jeunesse, le fléau de l'exode rural, vous connaissez ? Eh bien, à Saint-Niche, on était en plein dedans. Pour être honnête, dans le tas, le maire du village pouvait éventuellement retenir l'attention. Notaire de son état, la quarantaine à peine dépassée, il aurait pu faire son petit effet. Hélas, il était tellement imbu de sa personne qu'il en devenait presque repoussant. Ah ! Il fallait le voir parader les jours de marché avec son écharpe tricolore au milieu des choux et des carottes, le regard lointain et la poignée de main suffisante ! Si l'on voulait dresser une liste parfaitement exhaustive des beaux gosses alentour, il restait aussi le père Marty, curé du village, plutôt mignon dans le genre premier de la classe, avec sa raie sur le côté et ses lunettes cerclées de métal, mais définitivement hors concours pour les raisons que l'on connaît. En résumé : pour s'adonner aux plaisirs des sens à Saint-Niche, il fallait se lever de bonne heure.

Du côté du salon, pas grand-chose à espérer non plus : il était fréquenté presque exclusivement par des femmes, et les quelques représentants du sexe soi-disant fort qui osaient pousser la porte étaient des minots à la recherche d'une coupe de footballeur, « comme sur la photo, là, vous voyez, m'dame ? ». En désespoir de cause, c'est sur les conseils de Ghislaine, qui se piquait d'en connaître un rayon question accessoires qui font grimper au rideau, que j'avais tenté un jour cette bonne vieille béquille de la femme délaissée. Alors que je m'épanchais sur ma solitude affective auprès de quelques clientes compréhensives, elle avait déclaré sur un ton catégorique :

— Franchement, je ne vois pas pourquoi tu te casses la tête ! Achète-toi un *sextoy* et l'affaire est réglée… Enfin, provisoirement, bien sûr.

— Vous croyez, Ghislaine ? s'était effarouchée madame Courtois, qui attendait pour son coup de peigne hebdomadaire.

— Si je vous le dis, avait rétorqué Ghislaine tout en plongeant son séchoir à cheveux dans l'épaisse tignasse de madame Barbe. Toujours présent, toujours partant, aucune exigence particulière, il ne demande qu'à rendre service. Par contre, faut pas oublier de lui changer ses piles, sinon…

— Sinon, tintin ! s'exclama madame Barbe qui, malgré le raffut du séchoir, n'en perdait pas une miette.

Après consultation du site spécialisé oh-maille-gode.com, sur lequel Ghislaine avait un compte premium « Fidélité + », mon choix s'était porté sur un objet « aux lignes épurées et élégantes » : en réalité, un genre de suppositoire géant rose fluo qui, je l'avoue, m'avait fortement impressionnée à sa sortie de l'emballage, et encore plus lorsque je l'avais mis en route. J'avais profité de la sieste de Pilou pour l'essayer dans la salle de bains. La sensation s'était avérée plaisante, mais, finalement, ça ressemblait trop à des chatouilles pour que l'expérience s'avère pleinement convaincante. Après quelques jours d'apprentissage cependant, j'avais fini par maîtriser l'engin. Et, bon sang… c'est vrai que c'était efficace, quand on savait s'y prendre ! Du point de vue physiologique, du moins. Car aucun engin en plastique ne remplace, de mon point de vue, la chaleur de deux bras qui vous enveloppent tendrement ! Mais, bon, faute de grive…

Petit à petit, j'avais donc réussi à organiser une existence nouvelle qui, si elle n'entretenait que peu de points communs avec le quotidien de Kim Kardashian, avait le mérite d'être parfaitement huilée : les jours d'école, tante Lulu arrivait sur les coups de 8 heures, klaxonnait comme une possédée pour réussir à extraire un Lucas à moitié endormi de la maison (le mot « patience » ne faisant pas partie de son vocabulaire), puis, d'un coup de voiture, le déposait à l'école qui se trouve à trois kilomètres. Elle revenait ensuite s'occuper de Pilou pendant que je m'engouffrais dans ma vieille Twingo, direction : le salon.

Après ma journée, sur les coups de 19 heures, je rentrais enfin pour retrouver mon petit monde. Souvent, tante Lulu restait pour me faire la conversation pendant que je préparais le dîner, Pilou dans mes pattes. Son obsession était que je me trouve un « compagnon », comme elle disait, à défaut d'un mari puisque je n'étais toujours pas officiellement divorcée de l'autre imbécile.

— Une belle femme comme toi ne peut pas rester seule indéfiniment, c'est trop triste !

J'étais bien d'accord. Seulement, ses stratagèmes pour me sortir d'affaire ne me convenaient pas vraiment. En guise de réponse, je me contentais de hausser les sourcils tout en continuant de touiller ma purée en sachet. Ce manque d'intérêt manifeste avait le don d'agacer la tante qui, en général, revenait immédiatement à la charge avec l'une de ses solutions clé en main dont elle avait le secret.

— Je t'ai déjà dit cent fois d'aller voir monsieur le curé. Tu sais qu'il officie dans plusieurs communes. Il est au courant de tout, cet homme-là, les gens se confient à lui. Ça serait bien le diable s'il ne pouvait pas t'indiquer deux ou trois célibataires bien de leur personne et à ton goût dans un rayon de quinze à vingt kilomètres.

Pour la centième fois, je déclinai poliment, imaginant avec effroi les spécimens qu'aurait bien pu me présenter l'homme de foi. Je n'avais décidément aucune envie de me retrouver en tête à tête avec un vieux garçon bigot, pantalon remonté jusqu'aux aisselles et béret vissé sur le crâne, à discuter du rendement des poules pondeuses autour d'un verre de piquette. Bon, d'accord : je caricature un peu… N'empêche : ce genre d'investigations hasardeuses, très peu pour moi.

— Qu'est-ce que tu peux être têtue, râlait la tante. Ah, tu as de qui tenir !

— Je te ressemble à ce point-là ?

— Pas du tout ! Je parlais de ta mère.

— Cela dit, je ne suis pas contre l'idée de rencontrer le curé…

— Ah ! Tu ne vas pas recommencer avec ça, hein ! Tu n'as pas honte ? Un homme d'Église !

— C'est dingue, tu tombes dans le panneau à tous les coups. Je te taquine, ma petite Lulu…

Une nouvelle fois rassurée sur le fait que je ne désirais pas réellement entraîner le père Marty sur le chemin de la débauche, elle enchaînait aussitôt sur une valeur sûre : le bal des célibataires, qui se tenait une fois l'an à Barjac, un gros bourg des environs. Là, comme à chaque fois, je ne pouvais m'empêcher d'éclater de rire :

— Et allez donc ! Il ne manquait plus que le bal des célibataires ! Mais, enfin, Lulu, on n'y trouve que des vieux garçons engoncés dans leur costume de premier communiant qui font tapisserie autour d'un verre d'orangeade !

— Qu'est-ce que tu en sais ?

— Ghislaine m'a raconté.

— Parce que tu crois ce que raconte Ghislaine maintenant…

— Laisse tomber, ma Lulu. Tu vas voir, un jour, mon prince charmant viendra, il arrivera sur son beau cheval blanc avec sa coupe au bol et ses hauts-de-chausse ultras sexy et toquera à la porte. T'inquiète pas pour moi !

Je tournais le tout en dérision, uniquement pour mettre un terme à cette discussion qui, comme d'habitude, ne menait nulle part. Et, même si se retrouver seule à mon âge n'avait rien de drôle, j'avais de toute façon d'autres priorités que de chercher activement un amoureux. D'ailleurs, avec mon emploi du temps rempli à ras bord, je n'aurais pas su où le caser, le pauvre garçon. En cas de fringale, il me restait toujours Brad, mon sextoy, que j'avais ainsi baptisé dans une tentative désespérée de le rendre plus humain.

2

Un jour, hélas, un escabeau sournois, la gourmandise de tante Lulu, mais aussi son imprudence, eurent raison de ma petite organisation bien huilée. Pleine d'ardeur, elle n'avait pu résister à la tentation d'aller cueillir des fruits sur les quelques figuiers plantés au fond du jardin. « C'était pour mes confitures ! » s'était-elle énervée après coup, comme si ses intentions gourmandes auraient dû lui apporter une assurance anti-chute. Puis elle avait aussitôt reporté la responsabilité du drame sur « cette fichue cochonnerie d'escabeau ». Je lui avais pourtant expliqué à plusieurs reprises, et en y mettant toutes les formes destinées à préserver sa pointilleuse susceptibilité, qu'elle avait peut-être passé l'âge de grimper aux arbres. Mais tante Lulu n'en faisait qu'à sa tête. Résultat : double entorse aux chevilles, et trois semaines de plâtre, complétées par deux mois de rééducation. « Au minimum, avait précisé le médecin, car, à 70 ans, on met plus de temps à se remettre d'aplomb. Il va falloir être très patiente. » Il avait ajouté, l'index menaçant, comme s'il avait parfaitement cerné le caractère impétueux de la tante : « En attendant, je ne veux pas vous voir décoller de votre fauteuil, sous aucun prétexte ! C'est bien compris ? »

Dans la voiture, en rentrant de l'hôpital, Lulu se lamentait :

— Mais qu'est-ce que je vais bien pouvoir fabriquer, le derrière dans cette chaise pendant tout ce temps ? Et toi, ma pauvre petite, comment tu vas t'en sortir ? Oh la la, mais quelle idée j'ai eue de grimper sur ce fichu escabeau !

— Ce n'est pas faute de te l'avoir dit… En tout cas, tu ne peux pas rentrer chez toi, tu vas t'installer à la maison, tout est de plain-pied. Au moins, tu pourras circuler sur ton fauteuil à roulettes.

— Ne me parle pas de cet engin, j'ai l'impression que je viens de rentrer en maison de retraite ! Tu crois que je vais pouvoir réussir à m'occuper des gamins ?

— Visiblement, il n'y a pas que tes chevilles qui ont souffert pendant la chute : tu as aussi pris un bon coup sur la tête ! Comment crois-tu que tu accompagneras Lucas à l'école ? Sur ta chaise peut-être ? Et Pilou, tu penses vraiment que tu peux lui courir après avec ton petit bolide ?

Lucas, installé sur la banquette arrière aux côtés de sa sœur qui trônait dans son siège auto tout en contemplant le paysage, s'était soudain animé :

— Moi, je veux bien aller à l'école sur le fauteuil de tante Lulu !

Je l'avais regardé dans le rétroviseur intérieur, et il avait tout de suite compris que, jusqu'à nouvel ordre, il avait tout intérêt à rester à l'écart de la conversation. Au même moment, tante Lulu prenait dans un éclair de lucidité la mesure de la situation :

— Ma pauvre chérie, je n'avais pas bien réalisé, c'est encore plus grave que je ne pensais. Comment on va s'organiser ?

— Tu veux que je te dise ? C'est une excellente question ! Vu la moyenne d'âge des habitants du village, je vois pas trop qui peut nous dépanner. On doit déjà parer au plus pressé : je vais demander à Ghislaine qu'elle s'occupe du salon les prochains jours.

— Ça va être du joli ! Dès qu'on a le dos tourné, elle en profite pour essayer sur les clientes les coiffures tarabiscotées qu'elle dégotte sur Internet. Tu sais que madame Martineau ne vient plus depuis qu'elle est sortie du salon avec une sorte de choucroute jaune fluo sur la tête ? Cette fois-là, on est passées à deux doigts du procès !

— Qu'est-ce que tu veux : Ghislaine est convaincue d'être une visionnaire ! Le problème, je lui ai déjà expliqué mille fois, c'est que ses visions ne correspondent pas à celles des clientes, c'est tout. Si ça peut te rassurer, je vais lui faire promettre de ne se livrer à aucune expérimentation pendant mon absence. Je suis sûre qu'elle peut tout de même résister à la tentation pendant une semaine. En espérant que, d'ici là, on ait trouvé une solution.

Une fois à la maison, j'avais installé tante Lulu dans la « chambre d'ami » à l'origine réservée pour un troisième enfant qui n'était jamais arrivé. Puis j'avais rangé le contenu de sa valise dans la commode à côté du lit – on avait fait un détour par chez elle en revenant de l'hôpital pour lui prendre quelques vêtements et ses affaires de toilette.

— Tu vas être comme une princesse, ici ! Sinon, tu t'habitues à ton fauteuil ?

— Tu exagères tout de même ! Pour l'instant, j'ai roulé dix mètres entre la voiture et la maison ! Avec un peu d'entraînement, ça devrait aller. Mais je sens que ça va pas être coton, j'ai déjà des fourmis dans les jambes !

— Eh bien, laisse tes fourmis tranquilles, et pense à ce que t'a dit le docteur !

Tard dans la soirée, alors que tout le monde – y compris tante Lulu – avait été douché, nourri et envoyé au lit par mes soins, je m'étais retrouvée toute seule, assise à la table de la cuisine, en tête à tête avec mes soucis.

Au moins, il n'y avait pas eu de problèmes du côté de Ghislaine : j'avais senti à sa voix dans le combiné qu'elle était ravie de jouer la patronne pendant une semaine, et pendant qu'elle m'expliquait à quel point je pouvais lui faire confiance, que tout se passerait pour le mieux, j'avais imaginé avec un peu d'appréhension mon joli petit salon transformé en volière pleine de poules surexcitées, au grand dam de mes clientes plus réservées.

Pour ce qui était de la garde de Lucas et Pilou, par contre, c'était nettement plus fumeux. Quelles solutions s'offraient à moi ? Ici, c'est encore pire qu'en banlieue parisienne, les assistantes maternelles sont une espèce en voie d'extinction. Quant aux crèches, n'en parlons pas... Je m'étais donc décidée pour la seule option envisageable, comme une bouteille jetée à la mer par un naufragé en détresse. Après avoir ouvert un document vierge sur le traitement de texte de l'ordinateur portable, j'avais respiré profondément, fermé les yeux tout en chauffant mes doigts. Au bout de trente secondes, le texte s'était inscrit sur l'écran en lettres capitales, géantes et grasses :

URGENT
MAMAN CHERCHE NOUNOU

Juste en dessous, poussée par une inspiration soudaine, j'avais détaillé le profil du poste :

Personne sérieuse, disponible de 8 heures le matin jusqu'à 19 heures le soir, du lundi au samedi pour s'occuper d'un enfant de 2 ans et demi (Pilou), et d'un enfant de 7 ans et demi (Lucas) qu'il faut accompagner à l'école.

Était-ce vraiment bien utile de mettre « références exigées » ? Je risquais de limiter les réponses, c'est sûr, mais avais-je réellement envie de confier mes deux trésors à une novice ? Coupant la poire en deux, j'avais alors ajouté :

Références exigées (si possible).

Puis j'avais conclu le tout avec un :

Très sérieuse et motivée.

destiné à faire fuir les hurluberlues. C'était du moins l'idée.

Et pour le salaire ? Un rapide calcul m'avait indiqué que le temps de travail par semaine atteindrait soixante-cinq heures... Bigre ! C'était pas un emploi de nounou, mais plutôt de fille au pair ! Je m'étais alors creusé la tête pour réduire l'addition, et avais trouvé une solution en la personne de tante Lulu, présente à la maison toute la journée, quoi qu'il arrive. Malgré des moyens de déplacement limités, elle pourrait tout de même assurer quelques « permanences » simples. Par exemple, pendant la sieste de Pilou, qui avait l'avantage d'être réglée comme du papier à musique. Et, en laissant partir la nounou un peu plus tôt le soir, j'avais finalement ramené l'ensemble à un chiffre raisonnable, même si on était encore loin des trente-cinq heures.

Partant sur cette base, il était difficile d'offrir moins de 1 000 euros. Pour moi, ça représentait une sacrée somme, mais tante Lulu, heureusement, avait promis de m'aider. J'utiliserai les chèques emploi services, comme quand le père Thomas tond ma pelouse et débouche mes canalisations. À un moment, une idée stupide m'avait traversé l'esprit : et si je proposais le job au père Thomas ? J'avais cependant vite abandonné le concept en imaginant le pauvre vieux tout rouge en train de courir après Pilou pour lui faire avaler sa purée.

Tout en observant l'imprimante débiter une vingtaine d'exemplaires de mon offre d'emploi, je m'étais dit que j'irais les placarder dans les vitrines des commerçants dès demain, après avoir accompagné Lucas à l'école.

En croisant les doigts pour que les candidates soient un cran au-dessus du père Thomas…

3

QUAND Jocelyne m'avait vue pousser la porte de sa boulangerie, elle avait eu comme un blanc.

— Mais… Cathy… tu ne travailles pas aujourd'hui ?

Elle n'avait pas trop l'habitude de me voir flâner un jour de semaine : depuis un an, je n'avais pas vraiment pris de congés. En quelques mots, je lui avais raconté les déboires qui m'accablaient, et elle avait écouté mon récit d'un air navré tout en manipulant baguettes et viennoiseries.

— C'est pas de chance, ça. Comment tu vas faire, alors ?

Partout où je m'étais rendue, j'avais eu droit à la même question : la boucherie Canet, du nom de son rougeaud et jovial patron, la supérette de l'église que tout le monde appelle comme ça parce qu'elle est située sur la place de l'église (un moyen mnémotechnique en quelque sorte), le bar de la mairie également (inutile d'expliquer le pourquoi de cette appellation), repaire d'une poignée de retraités encore assez fringants pour, dès l'ouverture, s'envoyer dans le gosier un ballon de bergerac blanc avant de refaire le monde jusqu'à ce que le patron les fiche dehors sur les coups de 20 heures. En somme, l'intégrale des membres de la glorieuse association des commerçants de Saint-Niche, dont le plus haut fait d'armes consistait, une fois l'an, à accrocher trois lampions dans la rue principale afin de célébrer dignement le 14 Juillet. Des gens sympathiques, heureux de vivre et parfaitement aimables, mais bien démunis face à mon problème. Alors, bien sûr, ils avaient tous accepté que j'affiche ma petite annonce sur leur vitrine, à la meilleure place, et même deux, si je voulais. J'avais complété ma campagne de recrutement en placardant quelques exemplaires sur la porte de l'église, sans rien demander à personne. J'étais certaine que le père Marty comprendrait, et que le Seigneur fermerait les yeux, dans son infinie bonté. Quant au surplus, il avait fini sur les poteaux télégraphiques à l'entrée du village, parce qu'après tout on ne sait jamais.

Puis j'étais rentrée chez moi, en croisant les doigts pour que mon opération de com' réussisse.

Les jours avaient passé, et mon portable était resté obstinément muet : visiblement, personne à Saint-Niche ne se sentait l'âme d'une nounou, ce qui, somme toute, n'avait rien de très surprenant.

Dès le mercredi, j'avais élargi mon champ de recherche. Tout d'abord, j'avais tiré une bonne cinquantaine d'exemplaires de mon affichette que j'avais pris soin d'agrémenter de quelques dessins rigolos trouvés sur mon PC : un bébé tout rose avec sur le sommet du crâne une unique mèche blonde en tire-bouchon, un biberon doté d'une énorme tétine fluo, enfin le genre de bêtises censées attirer l'œil. J'étais allée placarder tout ça au lever du soleil dans les quelques bourgs avoisinants, poussant même une pointe dans le centre-ville de Bergniac.

Dès le lendemain, j'avais commencé à recevoir des coups de téléphone. Tout d'abord, une gamine de 18 ans, en pleine rupture scolaire, qui m'avait très vite demandé si elle pouvait – attention, m'dame, pas tout le temps ! – faire venir des copines à la maison, histoire d'être moins seule… Vous devinez ma réponse. Ensuite, une dame d'une soixantaine d'années, très emballée par le job, mais qui m'apprend au bout de vingt minutes de palabres qu'elle n'a pas de voiture. Puis il y a eu cette inspectrice des impôts à la retraite qui était tout à fait partante, à la condition expresse que les enfants « ne fassent pas trop de bruit », garantie que j'aurais été bien en mal de lui fournir.

Au milieu de tous ces appels plus ou moins farfelus, j'avais néanmoins retenu deux candidates qui, selon moi, méritaient de passer un entretien plus approfondi. La première s'appelait Janice, et sa voix douce et posée m'avait favorablement impressionnée. Une solide expérience de plusieurs années, même si elle remontait un peu, avait fini de me convaincre de l'opportunité d'une rencontre.

Dès l'ouverture de la porte d'entrée, j'avais confusément flairé qu'un malaise se profilait à l'horizon, aussi discret qu'un dépôt sauvage d'ordures au milieu d'une réserve naturelle.

Me faisait face une fille aux formes avantageuses vêtue d'un pantalon de jogging et d'un tee-shirt informe, les deux pieds (chaussés de baskets douteuses) solidement ancrés sur le paillasson. Tout en exécutant de rapides et amples mouvements de mâchoire destinés à malaxer le gros chewing-gum rose qui occupait une large place de sa cavité buccale (je disposais d'une vue imprenable sur l'effrayant martyre du morceau de plastique), elle m'avait apostrophée comme une vieille copine de lycée qu'on croise dans la rue par hasard :

— Hello ! C'est bien ici, pour le job de nounou ?

Que s'était-il passé depuis notre entretien téléphonique ? Par quel prodige la petite voix suave qui, pas plus tard qu'hier, avait doucement tinté à mes oreilles, parvenait-elle quelques heures plus tard à prendre ces intonations de poissonnière en fin de marché ? Je m'en inquiétai auprès d'elle (sans mentionner la poissonnière).

— Vous affolez pas pour ça, m'avait-elle déclaré, en s'affalant en toute décontraction sur le canapé. C'est normal, hier, vous avez eu ma petite sœur au téléphone.

— Votre sœur ?

— Ouais, c'est elle qui gère ma carrière, comme qui dirait. Moi, j'ai pas vraiment le temps, trop de trucs à faire. En général, elle téléphone entre deux cours, pendant la récré.

— Je vois. Mais… vous avez tout de même conscience que c'est un peu de la… publicité mensongère, votre procédé ?

— Vous en avez de bonnes, vous ! C'est quand même moi, la nounou ! s'était-elle emportée en se frappant la poitrine. C'est pas une voix qui va garder vos drôles, c'est bibi, en chair et en os ! En parlant de ça, ils se cachent où, les deux monstres ?

— Ils dorment, était sèchement intervenue la tante, qui l'observait d'un œil torve et ne semblait guère goûter la tournure de l'entretien, en général, et l'extrême décontraction de la jeune fille, en particulier.

— Ah ben, mince, ça tombe mal, s'était esclaffée l'ex-future nounou. Dites-moi donc où ça se trouve, j'vais aller les réveiller ! C'est que j'ai pas pour habitude de prendre un job si je connais pas la matière première, moi. Si ça se trouve, y vont pas me plaire.

— Justement, Janice… j'ai bien peur que ce soit le cas, avais-je répondu d'un air doucereux carrément hypocrite.

— Oh, ça non ! Ils ne vous plairont pas, avait complété Lulu en opinant violemment du chef. De vrais petits monstres, très mal élevés, qui ne vous laissent pas une minute de répit. Toujours à chouiner pour un oui, pour un non. Colériques, autoritaires… Horribles !

— Si encore ils ne mordaient pas…, avais-je ajouté, accablée par cette progéniture soudainement démoniaque.

— Ben, dites donc, s'était offusquée la demoiselle ébranlée par le tableau apocalyptique qui se dessinait devant elle, au point de cesser pour quelques instants son mâchouillage compulsif. Ça donne pas envie tout ça… Cela dit, ça dépend combien c'est payé. Parce qu'on va pas se voiler la face, je fais quand même ça pour la thune avant tout, et si la paye vaut le déplacement, je veux bien me farcir n'importe quel maboule en culottes courtes, moi !

— C'est payé en nature : légumes du potager…, avait répondu la tante sans se démonter. Des cageots entiers de topinambour et de rutabaga ! Dans le jardin, ça pousse comme qui rigole, y a qu'à se baisser.

— Écoutez, avais-je repris d'un ton ferme en me dirigeant vers l'entrée. On va vous laisser le temps de la réflexion, et on se rappelle très vite. On fait comme ça ?

J'avais ouvert la porte en grand, tout en m'effaçant ostensiblement pour lui signifier que l'entretien était terminé, et que la sortie, c'était par là.

Avant de franchir le seuil, la dénommée Janice nous avait toisées une dernière fois, puis avait lâché, dédaigneuse :

— Des aubergines… des courgettes… C'est pas avec ça que je vais payer mes clopes et mes consos en boîte. À ce prix-là, vous pouvez vous les garder, vos loustics.

Dès qu'elle fut partie, la tante et moi, on s'était regardées, hagardes, puis on avait éclaté de rire exactement au même moment, si fort que Lucas et Pilou (qui ne dormaient pas, bien sûr) avaient fini par rappliquer.

— Pourquoi vous rigolez comme ça ? avait demandé Lucas.

— Oh, rien mon chéri, avait-on répondu en chœur, en essuyant quelques larmes sur nos joues.

— J'ai entendu une voix que je ne connaissais pas, vous avez trouvé une nounou et elle est drôle, c'est ça ?

— Oh, oui, pour être drôle, elle l'est ! Mais disons que… comment dire ?

— Ta maman et moi, on pense qu'elle n'a pas toutes les qualités requises pour s'occuper de vous, avait complété la tante en essayant de garder son sérieux.

— Dommage, avait dit Lucas, j'aime bien rigoler, moi aussi.

— On n'a rien contre une nounou qui vous fasse rire, mon chéri. À condition qu'elle soit un tout petit peu sérieuse, tu comprends ?

Notre dernier espoir se prénommait Chloé. Refroidie par le fiasco « Janice », j'avais tenu à obtenir un maximum de renseignements par téléphone avant de la faire venir. Chloé avait 24 ans, de nombreuses expériences de baby-sitting à son actif, une voix agréable qui n'appartenait pas à sa sœur, vu qu'elle n'en avait pas (je lui avais posé la question). De plus, elle était disponible tout de suite. Alors pourquoi pas ? Rendez-vous fut pris pour le soir même.

Cette fois-ci, lorsque la sonnette avait retenti, j'avais le cœur gonflé d'espoir : oh, je la sentais bien, la petite Chloé ! La tante, nettement moins optimiste, affichait la moue renfrognée de celle à qui on ne la fait plus : « Attendons de voir ! » Quant aux deux loupiots, informés cette fois-ci de la visite d'une éventuelle nounou, ils fixaient de leurs yeux ronds la porte d'entrée, dans l'attente d'une apparition divine.

Ils avaient été servis.

Comment vous dire ça simplement ? La couleur préférée de Chloé était le noir, son animal totem le corbeau, son chiffre le 13, sa fleur le chrysanthème, son lieu de prédilection le cimetière. Bref, Chloé avait récemment épousé corps et âme la cause du mouvement gothique, et ça se voyait comme un crucifix au milieu d'une pierre tombale. Qu'on soit bien d'accord : à titre personnel, cela ne me posait pas le moindre problème. Après tout, Karl Lagerfeld ne ressemble à rien, si ce n'est à un valet empesé du XVIIe siècle, et ça ne l'empêche pas, *a priori*, d'être compétent dans son job. Le souci ne venait pas de moi ni même de tante Lulu qui, en apercevant cette silhouette tout de noir vêtue et maquillée comme un panda, s'était contentée de lever les yeux au ciel en attendant la suite des événements. Non, c'est Pilou qui, en la voyant avancer vers elle, avait fait un blocage. Qu'est-ce qui l'avait le plus impressionnée : le teint blafard ? Les longs cheveux noirs ? Les multiples piercings au nez, aux oreilles et aux sourcils ? Les bottes cloutées aux talons surcompensés ? Un mix de tout ça, probablement. Toujours est-il que ses yeux s'étaient arrondis, son petit menton s'était mis à trembler, puis elle s'était levée d'un bond pour s'enfuir en direction de sa chambre, comme si un dragon cracheur de feu était à ses trousses.

L'épisode avait été suivi d'un long silence gêné durant lequel, tante Lulu et moi, avions rivalisé de mimiques navrées à l'adresse de la pauvre Chloé, qui ne savait plus où se mettre. Lucas, quant à lui, n'avait semblé nullement impressionné : se tenant face à elle, il l'avait longuement observée, de haut en bas, avec une application qu'on pourrait qualifier de « scientifique ». Puis, enfin résolu à délivrer les conclusions de son étude, il avait déclaré en la regardant : « Toi, tu aimes le noir. »

La jeune femme nous avait ensuite avoué que, depuis son adhésion corps et âme à la cause gothique et les oripeaux qui allaient avec, elle éprouvait certaines difficultés à trouver du travail. Je l'avais assurée de mon soutien et de ma sympathie : elle avait pourtant l'air gentille, cette petite, si l'on voulait bien faire abstraction de son lugubre accoutrement. Cela étant, je n'avais aucune envie d'être réveillée en pleine nuit parce que Pilou avait malencontreusement rêvé de sa nounou.

Peut-être accepterait-elle d'alléger un peu son déguisement afin d'endosser son rôle de baby-sitter ? Mais Chloé la gothique s'était montrée intraitable : hors de question, si ses amis de la même obédience apprenaient cette trahison, elle serait sans doute excommuniée du groupe. Autant vous dire que sa candidature n'avait pas été retenue, au grand soulagement de Pilou qui, plus de deux heures après son départ, nous demandait encore, les yeux pleins d'inquiétude : « Pati, la dame ? »

Suite à ces mésaventures, quand le lundi, veille de ma supposée reprise au salon, était arrivé, je n'avais toujours pas trouvé ma nounou. Autant vous dire qu'à la maison l'ambiance était tendue. Même Pilou, qui avait probablement senti que quelque chose ne tournait pas rond, avait été plus sage qu'à l'accoutumée, en se contentant d'empiler des cubes de toutes les couleurs, paisiblement assise au milieu du salon. Peut-être avait-elle peur qu'en désespoir de cause nous fassions appel à « Chloé la gothique » ?

En revenant de l'école, Lucas s'était montré plutôt silencieux dans la voiture.

— Ça s'est bien passé aujourd'hui, mon petit poulet ?

— Oui, oui… Tu as trouvé quelqu'un pour m'amener à l'école ?

— Non, pas encore. Mais on va trouver une solution, ne t'inquiète pas. Tu n'es pas inquiet, dis ?

Il avait secoué la tête sans grande conviction. Une fois arrivé à la maison, il avait filé dans la cuisine pour se préparer ses trois tartines de Nutella, puis s'était mis sagement à son exercice de lecture, une histoire insipide à base de papa qui bricole dans le garage pendant que maman prépare le dîner dans la cuisine. Tant de calme ne pouvait signifier qu'une chose : il n'était pas inquiet, mais quand même un peu. Avant le repas, j'étais allée le voir dans sa chambre.

— Tu sais, je suis obligée de prendre une nounou, car tante Lulu ne peut pas vraiment s'occuper de vous dans sa chaise roulante. Mais elle sera là, elle va rester avec nous jusqu'à ce qu'elle puisse de nouveau marcher. Et, comme ça, elle surveillera la nounou pour voir si elle ne fait pas de bêtises !

Lucas avait levé les yeux de son livre et m'avait dévisagée : c'était du lard ou du cochon ? Je lui avais souri pour bien faire passer le message : c'était une blague, bien sûr ! Une gentille nounou sérieuse et qui connaît bien son travail n'a pas besoin d'être surveillée par tante Lulu !

À condition de la trouver… Cette réflexion, je l'avais gardée pour moi.

Quand j'étais retournée au salon, tante Lulu était installée dans le canapé, la télécommande dans la main et le regard apparemment rivé sur son émission préférée : *Questions pour un champion*. Pourtant, j'avais remarqué à son front plissé que son attention était ailleurs. La confirmation était arrivée lorsque, après quelques minutes de silence, elle s'était exclamée :

— Et si tu prenais Pilou avec toi au salon ?

Je l'avais regardée, incrédule.

— C'est envisageable, à condition de tout rehausser de cinquante centimètres… Sinon, je nous donne pas une heure avant qu'on l'emmène aux urgences avec un bigoudi coincé en travers de la gorge.

— Je n'avais pas pensé à ce genre de détails. Bon, je continue à chercher une solution… Parce que, là, je crois qu'il faut mettre une croix sur la nounou.

— Oui, c'est mal engagé. Maintenant, si la situation ne se débloque pas, je prendrai Pilou avec moi… mais rien que d'y penser : quelle galère !

À peine ma phrase achevée, la sonnette de la porte d'entrée avait retenti comme une ponctuation musicale. Nous avions échangé un regard avec Lulu.

— Qui ça peut être ?

Il faut dire que, dans le coin, les visites étaient plutôt rares. La maison était située à la sortie du village, en haut d'un petit chemin de terre cabossé, et jamais personne ne s'aventurait jusque-là pour demander des œufs ou de la farine en dépannage. En dehors des vendeurs de bois à prix cassé, seul le facteur sonnait, quand il apportait un colis. Mais, là, on avait largement dépassé les horaires du préposé des postes.

Lucas était arrivé en exécutant un dérapage contrôlé sur le plancher :

— C'est la nounou ?

— Si ça pouvait être vrai ! lui avais-je répondu avant d'ouvrir la porte. Sauf que les nounous ne débarquent pas à l'improviste, elles téléphonent avant !

4

Et c'est ainsi que je me retrouvai assise face à ce grand barbu qui apparaissait comme la seule bouée de secours que la providence farceuse avait cru bon de m'adresser. Lucas avait pris place à côté de moi, une fesse sur l'accoudoir de mon fauteuil, en observant l'homme avec ce petit regard par en dessous qu'il utilise lorsqu'il n'est pas tout à fait rassuré.

L'homme, qui devait avoir conscience de ce que la situation et sa candidature avaient d'incongru, observait les occupants de la pièce l'un après l'autre avec un timide sourire, tout en se malaxant les mains. Dommage que cette barbe lui mange la moitié du visage, pensai-je. Avec ses yeux bleus, son nez droit et fin, et ses cheveux poivre et sel, j'étais sûre qu'il pourrait être pas mal, si seulement il n'y avait pas tous ces poils. Quel âge avait-il ? 40, 45 ans à tout casser. Je devinai la naissance d'une petite bedaine sous la chemise… Dommage, ses vêtements de baroudeur du Grand Nord canadien ne le mettaient pas vraiment en valeur. Que donnerait-il avec un costume en lin tout simple, couleur écrue ?

Alors que je tentais mentalement de lui enfiler son costume en lin, un raclement de gorge de tante Lulu me ramena aussi sec à la réalité.

— Bien ! Vous vous appelez comment ? demandai-je en préambule, très « je maîtrise la situation ».

— Elias, répondit-il d'une voix douce et mal assurée, en décroisant ses mains pour les frotter sur son pantalon.

L'œil aux aguets, il nous regardait à tour de rôle, tante Lulu et moi, attendant probablement qu'une de nous s'impose enfin comme la meneuse en chef de cet entretien. De toute évidence, il n'était pas raisonnable d'espérer quoi que ce soit de ma tante qui, pour l'heure, se trouvait dans un état proche de la sidération, collée au dossier de son fauteuil à roulettes, le regard fixé sur l'inconnu. Je croyais deviner ce qu'elle pensait à ce moment précis : comment un grand gaillard comme ça pouvait-il se proposer de garder deux enfants, dont l'un pas plus haut que trois pommes ? Où était la caméra cachée ? Je n'étais pas loin de me poser les mêmes questions, mais il fallait être réaliste : je n'aurais probablement pas d'autre candidature, ni ce soir ni demain, ni les prochains jours. Alors, puisqu'un postulant, qui n'était ni sans gêne ni gothique, se trouvait en ce moment même sur mon canapé, pourquoi ne pas lui faire passer un entretien en bonne et due forme ? Je n'avais rien à perdre.

— Vous n'êtes pas du coin, lâcha soudain Lulu, dans ce qui sonnait à mi-chemin entre la question et l'affirmation. Votre tête ne me dit rien.

Ignorant le côté « brut de décoffrage » de l'intervention, l'homme répondit :

— Vous avez raison. Je viens de m'installer dans la région il y a une dizaine de jours. Auparavant, j'étais sur Paris.

Une fois Lulu renseignée sur les origines géographiques de notre candidat, je lui expliquai donc le détail de la situation. Au moment où, à titre purement informatif, j'abordais l'épisode des deux chevilles dans le plâtre, Lulu s'empara une nouvelle fois de la parole pour ce qui lui semblait probablement une communication de la plus haute importance :

— Je monte sur des escabeaux depuis que j'ai l'âge de marcher, pour ainsi dire, et jamais un problème, pas même un début de déséquilibre, toujours bien campée sur mes cannes, solide comme un chêne, faut pas se fier aux apparences. Et puis là… crac ! La marche qui se débine sous mon poids ! Pourtant, je suis pas bien lourde…

Le dénommé Elias l'écoutait avec une attention pour le moins disproportionnée comparée à l'intérêt de l'anecdote, tout en jetant de temps à autre un regard amusé à Lucas, qui lui retournait un sourire entendu : « Ah ! Tante Lulu et ses histoires racontées mille fois ! » En attendant, moi, je rongeais mon frein : c'est vrai quoi, ça intéresse qui la baisse de qualité des escabeaux depuis qu'ils sont fabriqués en Chine ? Tante Lulu poussa un long soupir comme pour marquer un point final à sa démonstration, et l'homme en profita pour recentrer le débat en dirigeant son attention vers Lucas :

— Donc, voici le petit Lucas ! Je dis « petit », mais excuse-moi : tu es plutôt grand pour ton âge.

À ces mots, Lucas se mit à se tortiller sur lui-même, incapable de rester insensible à un tel compliment.

Soudain, Pilou apparut, sa poupée fétiche entre les mains, une sorte de gnome en tissu, affublé d'un immense chapeau rouge et d'une barbe blanche non moins imposante :

— Voilà la petite sœur ! s'exclama l'homme. Le compte est bon !

Sans même le regarder, Pilou courut vers lui et déposa la poupée sur ses genoux :

— 'Gade ! 'Gade !

Elle se hissa ensuite sur la pointe des pieds et tendit sa main aussi loin qu'elle pouvait dans le but, visiblement, de lui attraper la barbe :

— 'Gade ! 'Gade !

— Mais oui, tu as raison, dit Elias en s'adressant à Pilou, je ressemble beaucoup à ta poupée ! Il me manque juste le bonnet rouge !

Il était tout de même un peu trop tôt pour les familiarités, et j'attrapai Pilou par la taille avant qu'elle décide d'escalader les genoux d'Elias pour lui arracher la barbe avec la douceur qui la caractérise.

Pour le moment, je voulais avant tout en apprendre plus sur cet improbable candidat.

— Pourquoi avoir choisi Saint-Niche ? C'est pas la première option qui vient à l'esprit quand on vient de Paris.

— J'ai eu l'occasion de découvrir la région, récemment, j'en suis tombé amoureux et j'ai décidé de m'y installer. J'ai trouvé dans votre village une petite maison de ville à une centaine de mètres de la mairie qui me convenait parfaitement.

Il s'arrêta, comme embarrassé.

— Écoutez, j'imagine que vous ne vous attendiez pas à… Je veux dire : ma candidature doit vous paraître surprenante. C'est pour cette raison que j'ai préféré venir vous voir directement, plutôt que de vous téléphoner. Pour ne pas… vous effrayer en quelque sorte. Je sais que je ne fais sans doute pas le poids face aux autres candidates… mais je veux que vous sachiez que ma proposition est très sérieuse. J'aime beaucoup les enfants ! Pendant quatre ans, je me suis occupé des deux fils de ma sœur qui est architecte, comme son mari. Mais l'aventure a pris fin il y a deux ans, lorsqu'ils sont partis s'installer à Sydney, pour travailler sur un gros projet de complexe commercial.

— C'est votre seule expérience ?

— C'est vrai, c'est la seule, mais je peux vous dire que, durant ces quatre années, j'ai eu le temps de me perfectionner.

— J'imagine que vous avez un métier, par ailleurs ?

J'attendais qu'il me réponde : « Bien sûr, je suis bûcheron, ça ne se voit pas ? » Il sourit en prenant une inspiration.

— Mon vrai métier, c'est artiste-peintre, une activité qui me permet d'organiser mon emploi du temps comme je le souhaite et me laisse beaucoup de liberté. Le mari de ma sœur avait aménagé les combles de la maison en atelier. Comme ça, je pouvais travailler la nuit et les week-ends. Le reste du temps, je m'occupais des enfants. C'était un bon compromis.

— Effectivement, on comprend mieux, hein, tante Lulu ?

— Oui, c'est plus clair. Mais vous savez, ici, il n'y a pas de combles.

L'homme sourit de nouveau.

— J'ai tout ce qu'il faut dans la maison que je viens de louer. Le premier étage est d'un seul tenant, et deux grandes fenêtres éclairent l'ensemble, c'est là que j'ai installé mon atelier.

— En somme, reprit tante Lulu, vous venez dans la région chercher l'inspiration. C'est un très bon choix, il y a de belles couleurs ici, le vert des forêts, le jaune des tournesols, le bleu du ciel… enfin, j'imagine que vous êtes au courant. Mais, dites-moi, vous êtes un peintre connu ?

— Tante Lulu, si on recentrait un peu sur le problème qui nous préoccupe, enchaînai-je d'une voix aimable, mais néanmoins ferme.

Car je la connaissais, la tante elle avait vite fait de perdre le fil. Si je lui laissais la bride sur le cou, on sombrerait dans la conversation à bâtons rompus, et, bientôt, elle serait en train de refiler à notre candidat les bonnes adresses gastronomiques de la région.

— Vous pouvez me poser toutes les questions que vous désirez, j'y répondrai avec plaisir.

Excellente proposition ! Ce garçon était de toute évidence plein de charme et de courtoisie. Cependant, ce n'étaient pas des qualités suffisantes pour prétendre s'occuper correctement de mes enfants. Je décidai donc de tester ses connaissances en lui proposant diverses situations que tout parent a expérimentées un jour ou l'autre.

— Bon, imaginons, monsieur Elias…

— Vous pouvez m'appeler Elias, c'est plus simple.

— Très bien, Elias. Pilou avale de la lessive liquide : que faites-vous ?

Je vis nettement sa mâchoire tomber : il ne s'attendait pas à ça !

— Euh, ça lui arrive souvent ?

— À vrai dire, jusqu'à aujourd'hui… jamais… Cela étant, on n'est pas à l'abri, n'est-ce pas ? Alors, qu'est-ce que vous faites ?

— Eh bien… Je téléphone au centre antipoison pour leur demander la marche à suivre.

Bonne réponse. Il m'en fallait cependant plus pour être rassurée, et j'enchaînai sans reprendre mon souffle :

— OK… Lucas tombe la tête la première sur une pierre en jouant au foot dans le jardin, comment réagissez-vous ?

Cette fois-ci, il accusa le coup en levant les sourcils, sans se démonter pour autant.

— S'il n'y a qu'une bosse, je passe de la pommade à l'arnica. S'il y a une plaie qui nécessite d'être recousue, je file aux urgences.

— Très bien… Lucas se fait enlever à la sortie de l'école, que faites-vous ?

Elias ouvrit grand ses yeux, et tante Lulu me tapota la main.

— Excusez ma nièce, elle ne cherche qu'à bien faire. Cathy, reprit-elle en m'adressant un regard gentiment réprobateur, tu ne crois pas qu'avant d'imaginer les pires catastrophes, on pourrait peut-être s'intéresser au quotidien ? Par exemple, comment vous organisez-vous pour les repas ? Pour la sieste ? Que proposez-vous pour occuper les enfants le mercredi ? Enfin, des choses de ce genre…

Quand je vous disais que ma tante m'était indispensable ! Toujours là pour me regonfler le moral, mais aussi pour me maintenir sur les rails quand la locomotive passait en surrégime. Et moi, en échange de tous ses loyaux services, je me permettais de la recadrer gentiment lorsqu'elle s'enfermait dans ses anecdotes cent fois racontées. C'est ce qui s'appelle être complémentaires !

L'« entretien d'embauche » dura finalement une grosse heure pendant laquelle tous les aspects du baby-sitting furent passés au crible. Elias répondait aux questions avec beaucoup de maîtrise et de bon sens, ce qui, je le sentais bien, emportait l'adhésion de tante Lulu. Pour ma part, j'avais besoin d'un temps de réflexion supplémentaire pour mettre mes idées au clair et prendre ma décision. Nous déterminâmes donc de le rappeler dans la soirée pour lui donner une réponse.

Nous nous tenions tous les trois sur le seuil de la maison, occupés à prendre congé, lorsque Lucas arriva en courant, un dessin à la main qu'il tendit à Elias.

— Tiens, c'est pour toi.

— Pour moi ? C'est drôlement gentil !

Sur la feuille s'étalait un gros bonhomme barbu coincé entre une maison brinquebalante et trois arbres anémiques. Elias le regarda avec beaucoup d'attention, un sourire bienveillant aux lèvres.

— On dirait que c'est moi, ça ! Je reconnais ma barbe, et tu n'as pas oublié les yeux bleus. Bravo, tu as un bon sens de l'observation et beaucoup de talent !

Lucas rougit légèrement, la mine béate, puis repartit aussi vite qu'il était arrivé.

— On dirait qu'il vous a déjà adopté, dit tante Lulu avec satisfaction.

Moi, j'étais surtout d'avis de ne pas s'emballer : on avait demandé un moment de réflexion, ce n'était pas pour s'attendrir bêtement comme si les dés étaient déjà jetés.

— Bon, monsieur Elias, enfin, Elias, rentrez bien, on vous rappelle ce soir ! À plus tard !

— Alors j'attends votre coup de fil. À bientôt !

Je refermai la porte sous le regard pesant de tante Lulu.

— Dis donc, pour la courtoisie, ma petite Cathy, on repassera !

— On n'a pas tout notre temps, il faut prendre une décision, maintenant. Oh, j'ai bien compris que, pour toi, l'affaire était dans le sac. Mais, moi, je ne suis pas totalement rassurée. C'est vrai, quoi, tu en connais beaucoup des nounous hommes ?

Pendant le bain de Pilou, j'eus le temps d'expliquer mes doutes à tante Lulu, qui restait prudemment dans l'entrebâillement de la porte afin d'éviter les éclaboussures et les jets inopinés de canard en plastique.

— Je reconnais qu'il a l'air très gentil, calme, équilibré. Il arrive même à être charmant malgré son style vestimentaire, comment dire, un peu rustique… Pour autant, peut-on se fier aux apparences ? On ne le connaît pas. Si ça se trouve, c'est un bandit en cavale qui cherche une couverture !

— Un bandit en cavale ! s'esclaffa la tante. Rappelle-moi : qui me reproche d'avoir trop d'imagination ? Parce que là, autant te dire que l'élève dépasse le maître ! Reste simple, fie-toi à ton intuition, et n'oublie pas une chose : même si je ne sers pas à grand-chose sur cette fichue chaise roulante, je serai là à ses côtés, toute la journée ! Tu n'as aucune raison de t'en faire, c'est un peu comme si j'étais la tête, et lui les jambes!

Tante Lulu marquait un point. Je sortis Pilou de la baignoire et la séchai en silence.

— Bon, je vais faire réchauffer le plat de lasagnes qui est dans le four, me lança-t-elle, je crois qu'il y en a assez pour nous quatre. En attendant, réfléchis et prends une décision.

Lorsque je rejoignis Lulu dans la cuisine avec Pilou dans les bras, la décision était prise.

— Bon, c'est d'accord. Mais on va déjà commencer par une petite période d'essai, pour voir si ça colle. Et si, demain, il y a le moindre problème, tu promets de m'appeler aussi sec ?

— Quelle question ! Bien sûr ! Allez, téléphone-lui, et viens manger.

5

— Ça va, madame Coquillard, je ne vous secoue pas trop ?

À en juger par la mine déconfite de l'intéressée que j'apercevais dans le grand miroir du salon, tout cela manquait un peu de douceur. La question était sortie machinalement de la bouche de Ghislaine, qui continuait à malaxer la tête couverte de shampoing comme si l'avenir du monde en dépendait.

— Un homme pour garder tes petits drôles, renchérit-elle en poursuivant sa besogne, je trouve ça parfait ! Et original !

Ghislaine n'était sans doute pas la personne la plus indiquée pour donner son avis sur mes problèmes de garde, encore moins pour formuler une synthèse dépassionnée de la situation. Mais, au salon, à ce moment précis, et hormis madame Coquillard qui croulait sous la mousse, je n'avais qu'elle sous la main et il fallait vraiment que j'en parle à quelqu'un, peu importe l'interlocuteur.

— L'originalité, je m'en fiche pas mal, si tu veux savoir ! La seule chose qui importe, c'est qu'il soit à la hauteur.

— Et pourquoi il le serait pas ? Tu sais, si on leur laisse pas leur chance, aux hommes, comment veux-tu savoir s'ils s'en sortent ? On est au XXIe siècle, tout de même, les mentalités évoluent lentement mais sûrement ! D'ailleurs, si tu veux mon avis, l'égalité entre les hommes et les femmes doit se jouer sur tous les tableaux, et dans tous les sens : les femmes au boulot, les hommes aux fourneaux, et *vice versa* !

Galvanisée par sa tirade, Ghislaine bombait le torse et fronçait les sourcils tout en passant le pommeau de douche sur le crâne de madame Coquillard qui gardait sa bouche pincée pour éviter de boire la tasse.

— Sur le principe, je suis d'accord, bien sûr. Mais on va pas se mettre à faire n'importe quoi sous prétexte de répartition des tâches. Ce sont mes enfants, tout de même ! Tu ne crois pas que tu pars un peu en vrille avec tes histoires d'égalité ? C'est vrai, tu mets ça à toutes les sauces !

— La lutte pour l'égalité, elle se niche partout ! C'est un combat de tous les instants, crois-en mon expérience ! Et quand l'occasion nous est offerte de sortir des beaux discours et de donner dans le concret, moi, je dis : faut y aller sans hésiter. Tu as eu parfaitement raison de lui donner sa chance à ton Elias.

Ghislaine, pour ce qui était des relations entre les sexes, avait opéré ces dernières années un spectaculaire virage à 180 degrés. Selon Lulu, qui la connaissait depuis toujours, le début de sa vie sentimentale avait été caractérisé par une attirance aussi inexplicable qu'exclusive pour le mâle musculeux, le fort en gueule, l'atrabilaire congénital, de préférence avec une moustache bien fournie, et qui savait taper du poing sur la table. À l'époque où Lulu l'avait embauchée au salon, elle venait de se marier avec Félix, petite teigne en débardeur qui s'était construit une solide réputation de bagarreur dans les bals de la région, et dont le mode de communication préféré était le beuglement. « Les bonnes femmes à la cuisine et les bonshommes à l'apéro » était sa devise favorite. Pas besoin d'être grand clerc pour deviner que la pauvre Ghislaine ne s'épanouissait guère dans sa vie de couple, il suffisait d'observer ses traits tirés et ses épaules voûtées lorsqu'elle arrivait le matin au salon. La galère s'était poursuivie pendant un an, jusqu'au déclic, aussi soudain qu'inespéré. Un jour que Félix braillait plus fort que d'ordinaire que sa côte de porc n'était « pas assez cuite, bordel ! », Ghislaine s'était emparée d'une poêle à frire qui traînait dans la cuisine et l'avait abattue d'un coup sec sur le crâne du belliqueux. Dans la foulée, elle avait demandé le divorce : terminé les machos tyranniques ! Libérée, délivrée ! À compter de ce jour, elle avait décidé qu'elle ne s'en laisserait plus jamais compter par un moustachu à gros bras. Désormais, c'est elle qui porterait la culotte, et si les hommes n'étaient pas contents, ils n'avaient qu'à passer leur chemin.

À la même époque, elle avait découvert l'existence du *Deuxième Sexe* de Simone de Beauvoir dans un article de magazine : depuis elle adorait en citer des extraits en shampouinant ses clientes. Sa lecture aussi passionnée que personnelle du bouquin l'avait transformée en chantre infatigable de l'égalité des sexes, tout en gardant une dent bien aiguisée contre l'espèce masculine : pour elle, l'homme se résumait à une série de caractéristiques peu flatteuses, du genre lâche, égoïste, mufle ou ingrat. En un mot, une créature largement perfectible qu'elle n'aurait de cesse, au gré de ses rencontres, de remettre dans le droit chemin. Évidemment, avec ce genre de raisonnement, elle s'était vite retrouvée à fricoter avec des types bizarres habillés en latex qui lui demandaient de leur donner « une bonne grosse fessée parce qu'ils l'avaient bien méritée ». Après avoir été reine pendant un temps du (pas si petit) monde du sadomasochisme de Bergniac, elle avait fini par s'en lasser, affirmant qu'elle désirait désormais « faire une rencontre sérieuse, avec un type solide prêt à s'engager sur le long terme dans une belle histoire d'amour basée sur le respect mutuel et la répartition des tâches ménagères ». Malheureusement, la position était délicate à tenir auprès de la gent masculine locale. Car, si pour Ghislaine « le long terme » s'entendait en mois, voire en années, pour ses prétendants du coin, il n'excédait pas la poignée d'heures passées à se tripoter sur la banquette arrière d'une voiture, ou dans une quelconque chambre de l'hôtel de la gare. Pour autant, elle ne s'avouait pas vaincue et prônait sans relâche ses convictions féministes auprès des clientes du salon.

Les exhortations passionnées de Ghislaine à poursuivre ma voie sur le droit à l'égalité et au respect des nounous hommes n'avaient pas réussi à pleinement me rassurer. À 10 heures du matin, n'y tenant plus, je téléphonai à tante Lulu pour un *debrief* de la situation. Elle me réconforta aussi bien qu'elle put :

— Eh bien ! Je vois que la confiance règne ! Tranquillise-toi, tout se passe à la perfection. Vu qu'il est encore un peu tôt pour faire un bilan de la journée, tout ce que je peux te dire, c'est qu'Elias était pile à l'heure pour emmener Lucas. Par contre, j'ai dû lui prêter ma voiture, car je ne voyais pas trop notre petit bonhomme se rendre à l'école sur son porte-bagages.

— Comment ça, il n'a pas de voiture ?

— Juste une bicyclette. Bon, on lui a jamais demandé d'avoir un véhicule, tu noteras. Cela dit, ça m'arrange plutôt qu'il fasse un peu tourner le moteur chaque jour, pour l'entretenir. Le plus drôle, c'est qu'il avait l'air très embêté de ne pas pouvoir utiliser son vélo pour accompagner Lucas. Il a même insisté, j'ai fini par lui dire que c'était à prendre ou à laisser. En fait, je le soupçonne d'être une espèce d'écologiste, tu vois, le genre qui refuse de prendre l'auto pour aller chercher le pain. D'ailleurs, ça colle bien avec sa grosse barbe. Ah ! Je peux te dire qu'il est rentré à reculons dans la Clio !

— Il a le permis au moins ? Tu lui as demandé de te le montrer ?

— Ma petite Cathy, moi, je te racontais ça pour l'anecdote, pas pour que tu te fasses du mouron supplémentaire ! Tout va très bien. En ce moment, il joue du xylophone avec Pilou. Tiens, tu l'entends rire, ta gamine ? Allez, tu peux t'occuper de tes clientes l'esprit tranquille.

Je raccrochai, soulagée, disons à 80 %.

Le soir, afin de combler au plus vite les 20 % restants, je demandai tout de même à Ghislaine de s'occuper de la fermeture du salon. J'étais trop pressée de rentrer chez moi et de retrouver enfin mes deux loulous, comme si je les avais lâchement abandonnés entre les mains d'un géant patibulaire et d'une tante légèrement à côté de la plaque !

À mon arrivée, Lucas récitait sa poésie à Elias. Pilou, sagement installée sur ses genoux, ne perdait pas une miette du spectacle. Elle paraissait minuscule comparée à lui. Elias était habillé, comme la veille, d'une chemise à carreaux et d'un jean délavé trop large sur lequel quelques taches de peinture avaient résisté au lavage. Lorsqu'il m'aperçut, il m'adressa un signe de la main d'une lenteur calculée. Sans doute ne voulait-il pas déranger la quiétude de la scène. Puis il hocha la tête, l'œil rieur : tout était sous contrôle ! Tante Lulu, de son côté, regardait son émission préférée, le son baissé et le nez presque collé à l'écran, pour ne pas perturber la séance de travail. Ma rétine eut à peine le temps de fixer le spectacle que les deux diables se jetèrent sur moi en poussant des cris de joie.

— Maman ! Maman !

Je les couvris de bisous, l'un après l'autre, dans une parfaite alternance pour ne pas faire de jaloux.

— Tout s'est bien passé, les canailles ?

Décidément, ça devenait une obsession chez moi !

— J'ai été interrogé sur la table de 6, et j'ai bien répondu, s'est exclamé Lucas.

— Très bien ! Et toi, ma chérie ?

Pilou pointa aussitôt Elias du doigt en prononçant son nom tant bien que mal. Ça ressemblait en gros à un « hélas » pâteux, mais on comprenait néanmoins de quoi il retournait : ma fille s'était trouvé un nouvel ami en la personne de ce grand barbu débonnaire ! Je sentais avec soulagement les 20 % s'éclipser sur la pointe des pieds.

— Et toi, tante Lulu?

— Oh, moi, tu sais, j'essaie de faire aller. Je me suis entraînée à me déplacer avec ma roulotte, et je commence à bien me débrouiller. Elias m'a proposé de partir en promenade avec Pilou, mais je ne suis pas sûre que le petit chemin du moulin soit vraiment adapté à mon moyen de locomotion.

— En allant lentement, je suis persuadé que ça serait passé, objecta Elias d'un sourire taquin. Et je vous aurais aidée à traverser la rivière… J'aurais attaché la poussette de Pilou dans mon dos !

Là, j'eus un moment de flottement, et le sourire qui ornait jusqu'à présent mon visage s'avachit soudainement.

— Traverser la rivière ?

Tante Lulu gloussa.

— Mais, enfin, tu ne vois pas qu'Elias plaisante ? Il faut excuser ma nièce : dès que ça touche de près ou de loin ses enfants, elle perd tout sens de l'humour.

— Je peux comprendre. C'est le premier jour et vous êtes inquiète. Mais vous pouvez demander à votre tante : tout s'est passé sans le moindre problème. Ah si… il faut tout de même que je vous en parle…

Ah ! pensai-je aussitôt, c'était trop beau pour être vrai, ce tableau idyllique, genre « petite maison dans la prairie ».

— Quoi ?

— C'est Pilou. Elle a refusé de faire sa sieste tant que je n'avais pas terminé de lui raconter l'histoire de sa peluche au chapeau rouge. Finalement, c'est en arrivant dans la forêt magique, après vingt bonnes minutes de péripéties en tous genres, qu'elle a enfin sombré dans le sommeil.

— Je n'ai pas osé t'appeler pour t'en informer, j'avais peur de ta réaction, ajouta Lulu avec un sourire malicieux.

— D'accord, acquiesçai-je en comprenant enfin, vous vous moquez de moi, c'est ça ?

— Un petit peu, reprit Elias. Mais c'est de la moquerie gentille ! Votre tante m'a raconté votre appréhension. C'est normal pour une mère d'être inquiète à l'idée de laisser ses enfants à un inconnu. J'espère qu'à présent vos craintes ont disparu. Pour ma part, je suis ravi de ma première journée. Il faut dire que vous avez des enfants adorables.

Même si je savais que c'était vrai, tout simplement parce que c'était moi qui les avais faits, eh bien… ça me faisait toujours plaisir d'entendre ce genre de flatteries ! Du coup, j'en oubliai la petite blague que ces deux-là venaient de me jouer.

— Bon, je vous laisse en famille, reprit Elias, je vous souhaite une bonne soirée. Lucas et Pilou, je rentre dans ma maison, je vous dis à demain !

À ces mots, Pilou arriva en courant et manqua de s'étaler de tout son long dans l'entrée. Elle se rattrapa *in extremis* grâce à la présence providentielle du pantalon d'Elias auquel elle s'accrocha de toute la force de ses petits bras.

— Bisou, bisou !

Elias la cueillit sur le sol et l'amena jusqu'à ses joues.

— Pique ! Pique !

— Mais non, ça ne pique pas, c'est toi qui te fais des idées, regarde !

Il frotta sa joue contre celle de Pilou qui riait aux éclats. Lucas était là, lui aussi, son cahier de récitations entre les mains.

— Toi aussi, tu veux un bisou ?

Il haussa les épaules avec un petit sourire, ce qui signifiait en langage Lucas : « Pourquoi pas ? »

Lorsque je refermai la porte derrière Elias, j'interpellai aussitôt tante Lulu :

— Alors ?

— Alors quoi ?

— Raconte-moi tout ! Tu ne pouvais rien dire tant qu'il était là, mais, à présent, la voie est libre. Il y a bien eu des petits trucs qui ne t'ont pas plu, qui t'ont chiffonnée, rien qu'un petit peu. Et je ne parle pas de cette histoire de sieste, la bonne blague !

— Mais je rêve ! Tu es têtue comme un mulet ! Désolée de te décevoir, Cathy, mais je n'ai rien à te raconter… Toutefois, il faut que je te dise quelque chose.

— Ah ! Tu vois que j'ai raison d'insister.

— Elias n'aime pas trop les plats tout préparés. Il dit qu'on est à la campagne et que ce serait dommage de ne pas profiter des produits frais. Quand je te disais que c'était un écologiste, rapport à son vélo et à sa barbe !

Je ne m'attendais pas vraiment à ça.

— Eh bien, il n'a qu'à aller au marché les acheter, ses produits frais, parce que, moi, je n'ai pas que ça à faire, et toi, tu ne peux pas te déplacer.

— C'est précisément ce qu'il a proposé de faire, dès demain. Il y passera tôt le matin avant de venir ici. Avec son vélo, bien sûr. Alors, qu'est-ce que tu dis de ça ?

Forcément, je n'ai rien trouvé à répliquer, même si tant de perfection me semblait un brin louche.

— Maman, tu me fais réciter ma poésie ? Cette fois, je la connais par cœur.

Je remerciai intérieurement mon fils de me fournir une contenance face à la tante Lulu, lorsqu'il ajouta :

— Tu sais, il est super, Elias ! Il s'énerve jamais quand j'ai oublié ma leçon, ça change de la maîtresse.

Je jetai un œil à la tante Lulu qui manœuvra aussitôt son fauteuil en un demi-tour impeccable (en un rien de temps, elle était devenue une conductrice virtuose !). J'avais cependant eu le temps de choper au vol son air satisfait. Ainsi, il y avait unanimité dans la maisonnée : Elias faisait l'affaire, et moi, la mère poule, il était grand temps que je me détende une bonne fois pour toutes.

6

Les semaines qui suivirent l'arrivée d'Elias au sein de la tribu ne firent que confirmer les premières impressions : l'homme barbu était une petite perle ! Devant tant de gentillesse et de compétence, je m'en voulais presque d'avoir, ne serait-ce qu'un instant, douté de ses capacités. Rien que pour son habileté aux fourneaux, il aurait mérité une médaille !

Pourtant, les premiers jours, j'eus très peur qu'il ne coure tout simplement à la catastrophe. C'est que mademoiselle Pilou possédait des goûts arrêtés en matière de gastronomie. Arrêtés, et surtout très limités : en dehors des pâtes, des patates, du steak haché et du jambon, pas grand-chose ne trouvait grâce à ses yeux, et elle s'y entendait pour en informer le reste du monde, malgré un vocabulaire encore basique : en dehors de ses plats de prédilection, tout était « beuh ! » (le « caca ! » étant réservé aux aversions extrêmes). Parfois, pour s'assurer que le message était bien passé, elle poussait de son petit index potelé, avec une lenteur étudiée, son assiette vers le rebord de la table, jusqu'à ce qu'elle bascule dans le vide. Tante Lulu, qui, jusqu'à présent, lui donnait la becquée tous les midis, en avait fait plus d'une fois les frais.

Alors, évidemment, lorsque Elias débarqua avec ses haricots verts, ses choux-fleurs, ses épinards, ses filets de colin et son escalope de veau, Lulu et moi, nous redoutions le pire. La première semaine, c'est précisément ce qu'il advint : un festival de « beuh ! » et de « caca ! » qui ne laissait aucune place à la négociation. Mais, à notre grand étonnement, Elias ne semblait pas se décourager, comme si sa réserve de patience s'avérait sans limites.

— Je ne suis pas inquiet, avait-il expliqué, mes neveux aussi s'étaient montrés difficiles à convaincre, mais j'avais finalement eu gain de cause. Franchement, pourquoi avaler des trucs louches fabriqués en usine alors qu'on peut manger sainement, et pour pas plus cher ?

Dès que je rentrais du salon, j'interrogeais Lulu sur les hypothétiques progrès du jour. À chaque fois, elle me répondait que ce n'était guère brillant, et que, sans les réflexes aiguisés d'Elias, l'assiette du jour aurait probablement fait connaissance avec le carrelage de la cuisine.

À partir du vendredi, toutefois, nous notâmes une petite amélioration. Oh, trois fois rien, mais étant donné que l'on partait de zéro, ça s'avérait tout à fait remarquable. Pilou avait reniflé puis avalé trois cuillerées de haricots verts, ainsi qu'un petit bout de colin sauce hollandaise maison, avant, bien sûr, que les choses ne dégénèrent de nouveau. Ne voulant retenir que le bon côté des choses, Elias avait chaleureusement félicité Pilou de son ouverture d'esprit culinaire, tout en passant volontairement sous silence la petite crise, qui avait, hélas, entaché la fin du repas.

— Je crois qu'on tient le bon bout, avait-il déclaré en versant les restes – copieux – de l'assiette dans un Tupperware.

— Si vous le dites, avait répondu Lulu, qui demandait encore à voir.

Eh bien, nous vîmes. Au bout de dix jours, Pilou s'était transformée, non pas en gastronome en culottes courtes, mais plutôt en une sorte d'omnivore à peu près présentable, ce qui apparaissait comme un exploit, voire un miracle. Bien sûr, subsistaient encore de violents rejets, les épinards, pour ne citer qu'eux, mais rien qui ne pouvait sérieusement entacher le lustre de cette métamorphose.

Cerise sur le gâteau, si j'ose dire, la cuisine d'Elias était assez copieuse pour assurer également le repas du soir. Je pouvais donc, en rentrant de ma journée de travail, m'occuper de mes loulous en toute sérénité avant de glisser mes deux pieds sous la table, bonheur que je n'avais encore jamais connu.

— Ce garçon est tout bonnement incroyable !

Lulu ne tarissait pas d'éloges sur celui qu'on appelait entre nous, pour plaisanter, la « nounou barbue ». Il faut dire qu'Elias la chouchoutait tout particulièrement. Ils arpentaient de plus en plus souvent le fameux chemin du moulin, que Lulu avait si peur d'emprunter – sans aller jusqu'à traverser la rivière, toutefois. Elias avait trouvé la combine : vu qu'il ne pouvait porter dans le même temps la chaise de Lulu et la poussette de Pilou, il avait installé Pilou sur les cuisses de Lulu, qui, pour l'occasion, étaient surmontées d'un épais coussin pour plus de confort. Juchée sur son trône, la petite princesse avait probablement l'impression grisante de dominer le monde, telle une Cléopâtre périgourdine. Elle désignait de son index la voie à suivre tout en ponctuant la progression du char de sonores : « En avant ! »

Hélas, je n'étais jamais présente pour profiter de ces bons moments, je les vivais par procuration à travers les récits de Lulu, jusqu'à en concevoir une certaine frustration. Témoin de mon dépit, Elias trouva une solution toute simple, aidé par les enfants : l'appareil photo du smartphone !

— Promis, je vous en enverrai dès que la situation le mérite. Comme ça, vous aurez un peu l'impression d'être avec nous.

— Je ne sais pas comment vous remercier pour tout ce que vous faites pour moi… enfin, pour ma petite famille, avais-je répondu, émue par sa profonde gentillesse.

— Vous m'avez accordé votre confiance, et ça compte énormément pour moi, à un point que vous ne pouvez imaginer. Vous savez, avait-il poursuivi en me regardant droit dans les yeux, je n'ai pas toujours été aussi attentionné avec les gens qui m'entourent.

Que voulait-il dire ? Était-ce l'une de ses sorties pince-sans-rire dont il avait coutume, ou cette remarque reflétait-elle une vérité plus profonde ?

Je n'osai pas le relancer, me contentant de lui sourire bêtement en lui rendant son regard.

Dès le lendemain, Elias s'attela donc à sa nouvelle mission de photoreporter. Dès que résonnait le bip du téléphone toujours posé en évidence sur le comptoir du salon, je me précipitais toutes affaires cessantes, laissant parfois en plan une cliente, pour prendre connaissance des activités du jour. Curieuse comme une fouine, Ghislaine voulait, elle aussi, prendre connaissance des dernières nouvelles en images, bientôt suivie par les clientes, intriguées par cette étonnante « nounou barbue ». Je me prêtais bien volontiers au jeu, avec, je dois le dire, une certaine fierté. En découvrant les photos, chacune y allait de son petit mot :

— Ils ont l'air de bien s'amuser, tous les quatre !

— Regardez-la Lulu, on dirait la reine mère, dans son fauteuil à roulettes !

— Il arrive à faire avaler des choux-fleurs à votre gamine ? Ben, chapeau !

— Dis, c'est plutôt un bel homme, ce… cette nounou ! Je lui ferais bien son affaire, tiens !

Qui d'autre que Ghislaine aurait pu prononcer cette dernière phrase ?

Je lui avais enlevé le portable des mains d'un air faussement indigné, puis j'avais lâché en riant :

— C'est bien joli, le féminisme, mais faudrait pas en profiter pour se comporter comme le pire des machos. Espèce de prédatrice, va !

N'empêche, elle était complètement dans le vrai, cette brave Ghislaine, pensai-je en regardant le visage d'Elias : elle avait un sourire drôlement craquant, cette nounou barbue…

7

Depuis peu, le mercredi après-midi pendant la sieste de Pilou, Elias avait entrepris d'enseigner à Lucas les rudiments du dessin : comment croquer un visage expressif, un cheval qui ne ressemble pas à une patate avec des allumettes en guise de jambes, une maison qui n'ait pas l'air d'un pauvre cube posé là par hasard… Je recevais régulièrement des photos de mon fils brandissant son dernier chef-d'œuvre, Elias à ses côtés pointant ses deux pouces vers le haut en signe d'encouragement. C'est vrai que mon petit bonhomme accomplissait des progrès étonnants ! Le soir venu, en l'écoutant me raconter en détail ses séances de dessin aux côtés d'Elias, je me surprenais à penser : « Hey ! Mais, moi aussi, je veux savoir dessiner ! » C'était bien sûr un prétexte : si Elias avait enseigné les arcanes du tricot à mon fils, j'aurais aussitôt été prise d'une irrésistible passion pour la confection d'écharpes et de moufles. Le tout sous le regard bienveillant du professeur Elias, bien sûr. Malgré les photos, j'éprouvais un peu de jalousie à ne pas profiter de toute la joie et la bonne humeur qu'Elias apportait dans la maison. J'avais aussi très envie de mieux connaître celui qui prenait soin de mes enfants en mon absence, et les courts moments où nous nous croisions le soir ne me suffisaient plus. D'autant que les propos que nous échangions alors, bien qu'empreints de chaleur et de gaieté, ne dépassaient pas le cadre strict de ses missions : le bobo au genou que Pilou s'était fait en essayant – en toute illégalité – le skate de son grand frère sur le carrelage de la cuisine, le mot de la maîtresse dans le cahier de Lucas qui, pour la dixième fois, fustigeait l'irrépressible penchant de mon fils à bavarder pendant le cours de français. Les petites histoires du quotidien, en somme, au sein desquelles il ne tenait la plupart du temps qu'un rôle d'observateur bienveillant. C'était bien sûr ce pour quoi il avait été engagé, et, de ce côté-là, je n'avais pas à me plaindre. Mais, lui, dans tout ça, que pensait-il de sa nouvelle vie ? Que ressentait-il ? J'aurais bien voulu savoir. Cependant je n'osais pas lui demander. En guise de pis-aller, j'épiais, en l'écoutant parler, les expressions qui traversaient son regard, mais ce petit jeu s'avérait souvent infructueux, pour ne pas dire inefficace : Elias ne se déparait jamais d'un léger sourire affable, comme un masque derrière lequel il semblait se retrancher et qui attisait de plus en plus mon intérêt. Je devais me rendre à l'évidence : j'étais passée de la méfiance bien naturelle des débuts à une curiosité qui exigeait d'être satisfaite dans les plus brefs délais : cet homme au profil si singulier m'intriguait, et je voulais en savoir plus.

Mais je n'allais tout de même pas fermer le salon, ou le donner en gérance à Ghislaine pour qu'elle le transforme en haut lieu d'expérimentation capillaire, juste histoire de passer du temps avec la nounou barbue. Et puis cela aurait été complètement absurde : dès lors que j'étais à la maison, Elias n'avait aucune raison valable de s'y trouver. Logique !

Un soir que nous dégustions le reste de poulet rôti-pommes de terre sautées qu'Elias avait préparé le midi, j'eus une illumination :

— Pourquoi on ne l'inviterait pas à souper avec nous un de ces soirs ? C'est vrai, on est là à dévorer tranquillement ce qu'il a cuisiné, et il n'en profite même pas ! Ça serait la moindre des choses, non ? Sans compter que faire la cuisine, c'est du travail supplémentaire, et à part les courses que je lui rembourse, il ne veut pas être payé plus. Ça mériterait tout de même que…

— Holà ! me coupa Lulu, pas dupe pour un sou. Inutile de me submerger d'arguments, tu prêches une convaincue ! Mais je tiens à te prévenir tout de suite, tu risques d'être déçue : Elias n'est pas un grand bavard. C'est pas le genre à se confier ou à te raconter « sa vie, son œuvre » dans les moindres détails. Pour te parler du bleu du ciel, du bon air pur de la campagne ou des nuages qui annoncent l'averse, il répond toujours présent. Pour plaisanter aussi, ça, il aime bien. Mais, pour le reste, il n'est pas très loquace.

— C'est parce que tu ne sais pas y faire, tante Lulu, lui rétorquai-je, en levant mon verre de vin.

— Tu te crois plus maligne que tout le monde, hein ? rigola la tante. Eh bien, on pourra vérifier ça demain soir, s'il est libre, bien sûr, même si je n'ai pas l'impression qu'il déborde sous les invitations, vu qu'il ne connaît personne dans le coin.

— Elias va manger avec nous ? interrogea Lucas, visiblement emballé par la perspective.

— S'il est d'accord, oui !

— Cool ! Tu entends, Pilou ? Elias va manger avec nous demain soir, et on pourra se coucher plus tard !

— C'est marrant comme les propos sont vite déformés dans cette maison ! Et pourquoi pas une nuit blanche, pendant que tu y es ?

— C'est quoi une nuit blanche ?

J'allais expliquer à Lucas le sens de cette expression lorsque Pilou éleva ses deux bras en l'air en signe de triomphe et s'exclama :

— Hélas ! Hélas !

Tous les regards se tournèrent vers elle, et, après quelques instants de stupeur, nous éclatâmes de rire et imitâmes Pilou qui ne se sentait plus de joie de se retrouver le centre de toutes les attentions :

— Hélas ! Hélas !

Visiblement, tout le monde était très excité à l'idée qu'Elias se joigne à nous demain soir.

Une fois couchée, tard dans la soirée, alors que je venais de consulter la météo du lendemain sur mon portable, mes doigts – aidés probablement par un subconscient taquin – me guidèrent machinalement vers le répertoire des photos. Je passai en revue les images qu'Elias m'avait envoyées ces dernières semaines :

Pilou sur son tricycle, Pilou dans les bois, Pilou sur la balançoire du jardin, emmitouflée comme un Inuit, tante Lulu dans son fauteuil, le sourire conquérant, Lucas sur son vélo, ou un ballon de foot entre les mains… Autant de moments de bonheur immortalisés qui dessinaient comme en pointillé l'existence de la petite famille depuis que la nounou barbue était entrée dans notre vie. De temps à autre, Elias se mettait en scène aux côtés des enfants, comme pour la séance de dessin. J'en profitais alors pour zoomer sur son visage, jusqu'à ce qu'il envahisse l'intégralité de l'écran. Quelques secondes suffisaient pour qu'un sourire se dessine sur mes lèvres. J'écartais de nouveau mon pouce et mon index afin de focaliser sur son regard, « vitrine de l'âme » comme on dit dans les romans à l'eau de rose de tante Lulu. J'aurais tant aimé soulever un peu le voile du mystère « Elias ». Mais l'image exagérément grossie s'avérait floue, une sorte de tableau impressionniste où seul le bleu de ses yeux se démarquait.

« Et si tu arrêtais de te conduire comme une midinette ? » me raisonnai-je en posant le téléphone sur la table de chevet. Je calai ma tête contre l'oreiller, et fermai les yeux, à la recherche d'un sommeil qui, je le savais, serait difficile à trouver.

Si tout le monde était excité à l'idée qu'Elias se joigne à nous demain soir, je crois que j'occupais sans conteste la pole position.

8

Lulu me téléphona au salon tôt dans la matinée pour m'annoncer la nouvelle : Elias était ravi de notre proposition. Il avait précisé qu'il serait heureux de faire un peu mieux ma connaissance et d'avoir l'occasion d'échanger avec moi autrement que le soir entre deux portes. Je me sentais secrètement flattée par cette remarque ; après tout, rien ne l'obligeait à la formuler. Pour moi, c'était le signe d'un intérêt sincère. Or les signes d'intérêt, sincères ou pas, émanant d'un homme étaient plutôt rares dans la région (je mettais volontairement hors concours les flatteries du père Thomas qui m'avait trouvée « drôlement jolie dans cette petite robe », l'été dernier, alors qu'il tondait la pelouse. Il avait même coupé son moteur pour me l'annoncer).

Il ne fallait pas s'emballer non plus, car il existait une autre explication, des plus banales : Elias désirait se montrer poli et courtois avec celle qui n'était, après tout, que son employeuse. C'était effectivement une possibilité, même si elle me plaisait nettement moins que la précédente !

Il avait ajouté que, pour cette occasion, il préparerait un pot-au-feu, sa spécialité. Malgré les protestations de tante Lulu, il avait proposé spontanément de s'occuper du repas, ce qui m'arrangeait plutôt. En apprenant cela, Ghislaine avait poussé un long sifflement :

— Génial ! Tu prendras des photos, dis ? Je veux absolument reluquer ta nounou, son petit tablier autour de la taille, en train de goûter la tambouille avec sa cuillère en bois ! Trop sexy ! Est-ce qu'il va mettre la table et faire la vaisselle aussi ?

— Faut peut-être pas pousser, tu crois pas ? Je te rappelle que, ce soir, c'est lui l'invité.

Ghislaine fit une petite moue mais ne s'arrêta pas pour si peu.

— Au fait, tu lui as demandé s'il était libre ? C'est vrai, on dirait qu'il sait tout faire, ce garçon : s'occuper de la cuisine, du ménage, des enfants… Bon, les enfants, je m'en fiche un peu, vu que j'en ai pas. Mais si, au lit, il se montre aussi efficace que pour le reste, moi je signe des deux mains ! Et, franchement, il est super craquant, tu ne trouves pas ? Pourquoi tu lui offres pas une coupe gratos au salon ? Je m'en occupe si tu veux…

D'un coup, j'ai senti le sang envahir mes joues : bizarrement, je percevais cette réflexion lancée l'air de pas y toucher comme une menace à peine voilée, une atteinte manifeste à ma sphère privée. Interdit de toucher à MON Elias, du moins, pas avant que j'aie eu le temps de faire plus ample connaissance avec lui et de décider s'il me plaisait réellement ou non !

— Tout d'abord, je ne me permettrai pas d'aborder un sujet aussi intime. Ensuite, je l'ai engagé pour qu'il s'occupe de mes enfants, pas pour te servir d'entremetteuse.

— Ah ah ! s'esclaffa Ghislaine, « un sujet aussi intime » : tout de suite, les grands mots ! Qu'est-ce que tu peux être coincée des fois ! On dirait que tu sors du couvent des petits oiseaux ! Sérieusement, tu veux pas me prendre en photo, juste pour lui montrer, et qu'il te dise s'il me trouve à son goût ? Histoire de voir si on peut faire affaire, tous les deux ?

Ghislaine avait un défaut : ayant parfois un peu de mal à comprendre ce qu'on lui disait du premier coup, elle avait une fâcheuse tendance à insister lourdement. Dans ces cas-là, il fallait passer à la vitesse supérieure.

— Non, c'est non, n'insiste pas. Concentre-toi plutôt sur ton nouveau terrain de chasse…

Depuis peu, elle avait trouvé une voie de prospection qui, selon elle, s'annonçait particulièrement prometteuse. Pour ce faire, elle avait dû radicalement changer son fusil d'épaule : terminé les boîtes de nuit et les bars à cocktails, bonjour les hauts lieux de l'intellect et de la pensée. Après la lecture d'une énième biographie de Simone de Beauvoir, elle s'était en effet convaincue que seul un cérébral bon teint, du genre Jean-Paul Sartre (le strabisme en moins), serait en mesure de lui offrir la vie de féministe dont elle rêvait. Elle s'était donc mise à fréquenter assidûment le club de lecture Eugène Le Roy qui se réunissait tous les dimanches, de 10 heures à midi, en salle des mariages de la mairie, persuadée que s'y nichait tout ce que Bergniac comptait d'intello. Outre la poésie du Moyen Âge et les romans naturalistes du XIXe siècle, elle y avait rencontré des messieurs tout à fait charmants, sympathiques et extrêmement ouverts d'esprit, qui n'avaient qu'un défaut : leur âge.

— Ils sont vraiment adorables tous autant qu'ils sont, m'avait-elle confié dernièrement, mais le plus jeune a juste trente ans de plus que moi. Tu vois un peu le tableau ! Il y aurait bien Jean Macé, l'instituteur : il a l'air si doux, si prévenant. En plus, c'est l'un des seuls qui n'est pas à la retraite depuis la mort de Pompidou. Manque de bol, sa femme est collée à lui comme une sangsue et m'envoie des regards assassins dès que j'ose adresser la parole à son mari. Pourtant, je vois bien dans ses yeux à lui qu'il est en manque de chaleur humaine et de discussions passionnées sur la cause féminine.

À l'évocation de son fameux club de lecture, Ghislaine grimaça :

— Regarde comme tu es ! Je te fais des confidences, et tu utilises les informations sensibles que je t'ai fournies pour te moquer de moi ! Tu verras, un jour, à force de persévérance, ça va marcher, et tu seras bien étonnée !

— C'est tout ce que je te souhaite, ma Gigi. En attendant, laisse Elias là où il est, si ça ne te dérange pas.

Pour éviter de poursuivre devant les clientes une conversation qui ne menait nulle part et pouvait laisser supposer une certaine tension au sein de l'équipe (ce qui n'est jamais bon pour le négoce), je bifurquai l'air de rien sur l'ouverture d'un McDo dans la zone commerciale de Bergniac.

— Mon Dieu, s'exclama sobrement madame Nivelle, la tête couverte de bigoudis.

— Si c'est pas malheureux, renchérit madame Belhomme, qui se trouvait présentement sous le séchoir, mais ne perdait pas une miette de la conversation.

— Eh bien, moi, déclara Ghislaine, je trouve que c'est une très bonne chose, ça nous changera un peu du confit de canard et des frites à la graisse d'oie qui nous bouchent les artères !

Les deux clientes émirent chacune le même petit rire offusqué, et je demandai à Ghislaine si elle avait déjà eu la chance de goûter à leurs hamburgers. Non, Ghislaine n'avait jamais eu cette chance, contrairement à moi.

— En banlieue parisienne, il y a un McDo à chaque coin de rue, et je peux te dire une chose : si on me donne à choisir entre un confit de canard et un Royal Cheese, je ne mettrai pas longtemps à me décider !

— Toi, tu t'es fait dévorer le cerveau par ton Elias, monsieur « mangez cinq fruits et légumes par jour », me taquina Ghislaine. Prends-y garde : n'oublie pas de garder ta liberté de penser !

— Je te promets d'y penser, madame « je cite des chansons de Florent Pagny comme si c'était un grand philosophe ». Un partout !

Malgré les conversations à bâtons rompus et les rires qui accompagnaient notre travail, le reste de la journée me parut bien long. Entre deux coups de ciseaux, je ne pouvais m'empêcher de lorgner cette satanée pendule accrochée au-dessus des miroirs, attendant avec impatience le moment où la petite aiguille frôlerait le six.

9

En franchissant le seuil de la maison, un délicieux fumet vint me caresser les narines.

— Tu es déjà là, remarqua tante Lulu, avec étonnement.

— Euh… Oui. Pour tout te dire, j'étais pressée de rentrer, alors j'ai demandé à Ghislaine de faire la fermeture. Toutefois, j'ai bien senti qu'il n'aurait pas fallu beaucoup insister pour qu'elle s'invite à la table, ce soir. À croire qu'elle s'est déjà lassée de son club de lecture.

— Laisse-moi deviner… Tu lui as montré les photos et Elias lui a tapé dans l'œil ?

— Pas seulement ! Elle trouve qu'il correspond parfaitement à son « profil » d'homme.

— Comment on dit déjà ? L'espoir fait vivre ! rétorqua Lulu en riant.

— On parle de moi ?

Elias venait de sortir tel un diable de la cuisine, les cheveux ébouriffés, une lueur de malice dans le regard, et je collai immédiatement ma main sur ma bouche pour ne pas éclater de rire. Il avait revêtu un tablier sur lequel on pouvait lire en caractères géants : « Ici, le chef, c'est moi ! » tandis que sa main gauche enserrait le manche d'une épaisse cuillère en bois. Il s'aperçut cependant de ma réaction, malgré tout le soin que j'avais mis à la dissimuler :

— C'est le tablier qui vous amuse, c'est ça ? Rassurez-vous, je ne suis le chef que dans la cuisine, juste le temps du repas !

Je repensai aux paroles de Ghislaine. J'avais soudain très envie de prendre une photo d'Elias pour l'imprimer et l'accrocher au-dessus de mon lit ! J'avais en effet sous les yeux la preuve ultime qu'un homme pouvait être parfaitement viril – voire carrément sexy – en tablier de cuisine (aussi ridicule soit-il) et une cuillère en bois à la main… Voir Elias ainsi accoutré me rendait toute chose !

— Pas du tout ! Il est très bien ce tablier, vous êtes parfait, vraiment !

— L'habit ne fait pas le moine ! Attendez plutôt de goûter le pot-au-feu pour vous prononcer !

J'eus envie de lui répondre que, si le pot-au-feu s'avérait aussi délicieux que lui émoustillant dans sa panoplie, nous ne tarderions pas à frôler l'orgasme gastronomique. Mais ce genre de propos enfiévré semblait sortir tout droit de l'esprit égrillard de Ghislaine, aussi je préférai m'abstenir.

— On mange où ? questionna tante Lulu, soudainement soucieuse du protocole. J'avais pensé dans la salle à manger.

— Mais bien sûr ! La salle à manger ! Les enfants, venez m'aider, on va dresser la grande table !

Depuis que Denis, l'autre crétin, avait fichu le camp avec sa poupée Barbie, je crois que nous n'avions plus jamais pris un repas dans cette pièce. Denis tenait beaucoup aux rituels du dimanche midi du style « on se retrouve en famille autour du poulet rôti-pommes dauphine », que j'avais évidemment préparé, puisque, lui, de son propre aveu de gros fainéant, était incapable de faire fonctionner le four. Ni d'ailleurs aucun des appareils qui se trouvaient dans la cuisine (sauf, de temps en temps, la machine à expresso quand nous avions des invités). Quand j'y repense, j'étais vraiment une bonne pomme à cette époque ! Je croyais encore au grand amour ! Il aura suffi d'une bimbo pour me déniaiser. Oui, c'est bien ça, une bonne pomme ! Mais l'arbre de ma bêtise avait définitivement cessé de donner des fruits : j'avais ouvert les yeux, et celui qui tenterait de m'endormir de nouveau n'était pas encore né. Une des premières décisions que j'avais prises après son départ précipité avait été de mettre un point final à cette coutume stupide du dimanche midi.

Là, c'était différent. Déjà, on n'était pas dimanche. Puis elle était très bien cette salle à manger : spacieuse, bien éclairée. Certes, les meubles étaient plutôt moches, construits en bois sombre avec des pieds torsadés, dans le plus pur style « rococo ». (Devinez qui avait tenu à les choisir, arguant d'un goût sûr pour les « belles choses » que j'étais loin, selon lui, de posséder ?) Pour autant, je n'avais pas envie de me priver de l'usage de cette jolie pièce à cause du fantôme de l'autre disparu qui trônerait en bout de table, occupé à distribuer ailes, cuisses et blancs de poulet jusqu'à la nuit des temps ! Ce serait lui faire trop d'honneur.

De toute façon, je ne croyais pas aux fantômes. Et, ce soir, il y avait Elias dont la seule présence suffirait à chasser les quelques mauvaises ondes qui flottaient encore dans l'air.

*

* *

— J'avoue que j'ai un peu honte de rester le derrière sur ma chaise, chuchotai-je à l'attention de tante Lulu, alors qu'Elias venait de partir pour la cuisine.

— Écoute, il a dit qu'il s'occupait de tout. Visiblement, ça lui fait plaisir, on ne va tout de même pas le contrarier, le pauvre garçon. Tiens, reprends donc une petite verrine de mousse à la betterave et laisse-toi aller. C'est drôlement appétissant cette petite cochonnerie.

— Je peux en avoir une autre, de verrine ? questionna Lucas, qui voyait le contenu du plateau diminuer à vue d'œil sous les assauts répétés de tante Lulu.

— Tu aimes ça ? demanda la tante dubitative.

— Ben oui, c'est bon. C'est un peu sucré, on dirait un dessert.

— Tu ne préfères pas attendre le dessert, justement ?

— Moi aussi, une verrine ! Une verrine ! s'exclama Pilou, réduisant à néant la tentative de manipulation éhontée de tante Lulu.

— Bon, si tout le monde se ligue contre moi, alors…

— Prends la mienne, je me réserve pour le pot-au-feu, dis-je, compréhensive. En attendant, je vais déboucher une bouteille de vin.

Elias apparut alors avec, entre ses mains habillées de gants de cuisine ignifugés, un gros faitout fumant qu'il déposa avec empressement sur le dessous-de-plat.

— Voilà ! Comme vous pouvez vous en douter, c'est très chaud. Les enfants, il va falloir attendre un peu. Tante Lulu également, ajouta-t-il en adressant un clin d'œil à la gourmande, qui tenta une mimique de protestation avant de laisser tomber.

— Oui, nounoubabu ! s'exclama joyeusement Pilou, en tapant de sa cuillère sur le plateau de sa chaise haute.

L'œil interrogateur, je regardai la tante : est-ce que j'avais bien entendu ?

— Et si on n'écoute pas nounoubabu, qu'est-ce qui va se passer, Pilou ? reprit Elias.

— Je brûle la langue, répliqua Pilou dans la foulée.

— Exactement !

Je regardai de nouveau la tante, un peu mal à l'aise. Elias, qui avait capté notre embarras, expliqua doctement, tout en remplissant copieusement les assiettes de pot-au-feu :

— Depuis quelques jours, mais seulement quand ça lui prend, Pilou m'appelle « nounoubabu ». Amusant, non ?

— Oui, j'avais remarqué ça, moi aussi, coupa Lulu. C'est vrai que c'est marrant, comme petit nom, hein, Cathy ? ajouta-t-elle sur un ton guilleret qui n'arrivait pas complètement à masquer sa gêne.

— En tout cas, elle a une sacrée imagination pour un petit bout de chou comme ça, vous ne trouvez pas ? dit Elias en souriant.

— Oh oui !

Lulu et moi, nous eûmes le même cri du cœur simultané : s'il mettait ça sur le compte de l'imagination débordante de Pilou, ça nous allait très bien !

— Ça veut dire quoi ? demandai-je avec un ton ingénu, pensant bêtement contrôler la situation et pouvoir m'en amuser à loisir.

— Ben… tu sais bien, maman, intervint Lucas alors qu'on ne lui avait rien demandé à celui-là. Ça veut dire « nounou barbue » !

— « Nounou barbue » ? Ah ! Mais oui ! Suis-je bête… Une nounou avec une barbe, bien vu, effectivement, je n'y avais pas pensé. Non, je ne savais pas, dis-je à l'attention de Lucas, tout en fronçant les sourcils. Bon, on le goûte ce pot-au-feu, parce qu'à force d'attendre qu'il refroidisse, il va carrément être froid.

Elias m'envoya un regard goguenard qui m'indiquait clairement qu'il n'était pas dupe. Prise au dépourvu, je ne trouvai rien de mieux que de lui tendre la panière à pain d'un air penaud.

— Je suppose que personne n'aime l'os à moelle ? s'enquit timidement tante Lulu. Parce que, moi, justement, j'aime bien ça.

— Tout le monde prend du vin ? dis-je par acquit de conscience, connaissant par avance la réponse de Lulu, et la mienne.

— Pas pour moi, merci, répondit Elias en posant la main sur son verre, comme si j'allais lui remplir de force.

Sa réponse offusqua Lulu, qui ne plaisantait pas avec le respect des produits locaux.

— Ah ! Mince alors, c'est quand même dommage. Vous vous êtes installé dans la mauvaise région, il fallait aller du côté de Vichy, ou en Auvergne.

— Ça va peut-être vous surprendre, mais l'alcool me donne de l'urticaire. Les rares fois où j'en ai bu, je me suis retrouvé avec des plaques rouges sur le front et les joues. Ce n'est pas beau à voir, et, en plus, ça démange.

— C'est vraiment pas de chance, lâcha Lulu, visiblement chamboulée par la découverte d'une malédiction aussi effrayante. Cela dit, se reprit-elle aussitôt, ça a des avantages : au moins, vous ne risquez pas d'ennuis avec les gendarmes quand vous prenez la route. C'est que, ici, ils ont plutôt l'alcootest facile.

— Il faut dire que dans le coin l'abstinence complète pourrait presque passer pour une bizarrerie, ajoutai-je. Mais, parfois, un petit verre, ça contribue à décoincer les esprits. Tenez, mon ex-mari, qui était au quotidien aussi fun qu'une gargouille de Notre-Dame, eh bien, arrivé à son second whisky – oui, il n'avait vraiment rien compris à la région –, il lui arrivait de m'arracher un rire. Bien sûr, il ne le faisait pas exprès, mais c'était quand même appréciable.

— Désolé, s'excusa Elias en haussant doucement les épaules.

Dommage, me dis-je intérieurement. Quelque part, j'avais espéré qu'avec l'aide de quelques verres d'alcool le mystère Elias serait plus facile à percer. Et voilà que je le découvrais sobre comme un chameau en raison d'une malencontreuse allergie. C'était bien ma chance !

C'est alors que je réalisai qu'une chape de silence s'était soudain abattue autour de la table : la discussion sur les mérites ou non de l'alcool semblait avoir anesthésié tout le monde, même les enfants !

— Bon, allez, dis-je gaiement, moi, j'attaque ! Bon appétit !

C'est tante Lulu qui mit la première les pieds dans le plat :

— Dites, vous sentez comme moi ? C'est drôlement sucré, non ?

J'avais aussi éprouvé dès la première bouchée une sensation étrange, comme un choc gustatif.

— Un pot-au-feu sucré salé, c'est pas ordinaire ! Dites-moi, Elias : est-ce que c'est une recette exotique, un pot-au-feu chinois, dans le genre « poulet aux ananas » ? lançai-je pour tenter de ménager la susceptibilité du cuisinier.

— Pas du tout ! s'exclama notre cuisinier en scrutant et reniflant son assiette d'un air contrarié. À la base, c'est une recette tout ce qu'il y a de plus traditionnelle, je l'ai faite des dizaines de fois. J'avoue que je ne comprends pas ce qu'il s'est passé. J'espère que personne n'est diabétique !

— Eh bien, moi, dis-je en me tournant vers Lucas, je crois que j'ai une petite idée. Tu peux nous dire ce qui t'est passé par la tête ?

— Mais j'ai rien fait ! s'écria Lucas sur le ton de l'innocent injustement accusé, tout en levant les bras au ciel.

— À d'autres ! Tes antécédents parlent pour toi ! Rappelle-moi qui avait mis de la moutarde dans le café de tante Lulu, la dernière fois ?

— Oui… c'est vrai, mais c'était il y a longtemps.

— Bien sûr ! Et tu vas nous dire que, depuis, tu as beaucoup mûri ? C'est pas drôle, Lucas !

J'étais en train de m'exciter toute seule lorsque Lulu, d'un coup de coude, attira mon attention sur un spectacle pour le moins curieux : Pilou, totalement étrangère au scandale qui venait d'éclater, remplissait sa cuillère de bouillon, puis la portait lentement à sa bouche avant de l'ingurgiter en petites lampées, comme s'il s'agissait d'un divin nectar. Et les quatre paires d'yeux sidérés qui l'observaient à présent ne semblaient pas la déranger le moins du monde dans sa dégustation.

— Eh bien ! s'écria Elias. En voilà une au moins qui apprécie le mélange !

— OK, cette fois, je crois que c'est clair, acquiesçai-je en me penchant vers Pilou. Alors, ma fille, tu te régales ? C'est bon, le sucre, hein ?

— Le suc ! répondit-elle avec un sourire béat qui ne laissait aucun doute quant à sa culpabilité.

Transformant sa chaise roulante en voiture de course, la tante fila toutes affaires cessantes vers la cuisine à la recherche de la preuve définitive, qu'elle n'eut d'ailleurs guère de mal à dénicher.

— Il faudra penser à le remplir, déclara-t-elle d'un ton fataliste en réapparaissant dans le salon, un bocal vide posé sur ses cuisses, le kilo y est passé.

— C'est tout de même ballot, dit Elias, avant la cuisson, j'avais laissé la cocotte ouverte sur la table, et Pilou a dû profiter que j'avais le dos tourné pour monter sur la chaise…

— Ne vous en faites pas, c'est une de ses spécialités de se faufiler pour commettre ses bêtises. C'est plutôt moi qui suis désolée, vous vous êtes donné beaucoup de mal pour rien.

— Ce n'est pas bien grave, après tout. Vous savez, un pot-au-feu de perdu, dix de retrouvés, comme on dit, plaisanta Elias.

— On dit ça ? objecta Lucas.

— Quatre heures que ça mijotait, lâcha tante Lulu, la mine défaite. Qu'est-ce qu'on va manger, maintenant ?

— Sur Paris, on aurait commandé des pizzas, mais là... Oh ! Je sais : on va demander à Pilou de trouver une solution, hein, Pilou ? proposai-je à ma fille qui, toujours imperturbable, poursuivait sa dégustation.

— On va se débrouiller avec les moyens du bord, déclara Elias en tapant dans ses mains, il y a du pain, du jambon et des rillettes dans le frigo.

— Voilà la solution ! Et il y a la tarte aux quetsches que j'ai achetée à la boulangerie Lachaud en revenant du salon.

— En espérant que notre petit cordon-bleu n'a pas vidé la salière dessus, glissa Lulu, légèrement échaudée par les événements.

Tout le monde se leva aussitôt pour débarrasser la table, sous l'œil maussade de la tante, arrimée à son fauteuil. Elias avait l'air de prendre les choses du bon côté. L'un des avantages de son caractère placide ! Si on m'avait fait un coup comme ça, j'aurais été furax ! Cela dit, ça ne risquait pas de m'arriver : les seuls plats que je cuisinais m'attendaient tout préparés dans leur barquette.

Tout en emportant les assiettes encore pleines du malheureux pot-au-feu martyrisé par Pilou, je demandai à Elias d'où lui venait ce goût pour la cuisine.

— Ça remonte à une vingtaine d'années ! J'ai passé un an à New York, dans le cadre de mes études d'arts plastiques. À raison de trois fast-foods par jour, j'avais pris dix kilos en un mois. Je commençais à me sentir vraiment à l'étroit dans mes vêtements et je n'avais pas d'argent pour les remplacer. La solution la plus économique était encore de changer mes habitudes alimentaires. Sur une brocante, j'ai trouvé un livre des années 1960, en français bien sûr, qui s'intitulait *La Cuisine de grand-maman pour tous*. Je me souviens encore du sous-titre :

« Que vous disposiez de cinq minutes ou de trois heures… 1 200 recettes simples, faciles à réaliser, savoureuses, originales. » Alors je me suis lancé. Et, visiblement, je ne me débrouillais pas trop mal, car, bien vite, mes amis américains ont pris l'habitude de s'inviter à ma table pour déguster les plats du « petit frenchy ». C'était une belle époque.

— Tu as été à New York ! s'écria Lucas qui n'avait retenu que ce qui l'intéressait. C'est grand ?

— Va plutôt chercher le beurre et les cornichons ! sermonna tante Lulu, dont l'estomac réclamait réparation après le camouflet du pot-au-feu.

Nous retournâmes alors autour de la table de la salle à manger pour un nouveau repas, nettement moins gastronomique.

— Tu peux me faire un sandwich ? réclama Lucas à Elias, qui tendit aussitôt les mains vers la baguette et le couteau.

— Mais, enfin, dis-je, sidérée par la désinvolture de mon rejeton, je suis là, tu pourrais me demander. Ou encore mieux : le faire toi-même !

— Ça ne me dérange pas, assura Elias en étalant le beurre sur le pain. Et puis, ce soir, c'est moi qui régale, je l'avais promis !

— Tout de même, ça commence à faire un paquet d'heures supplémentaires, tout ça ! fis-je remarquer, faussement outragée.

— Oui, répondit Elias en riant, ça va vous coûter très cher à la fin du mois !

Malgré le fiasco culinaire provoqué par Pilou, la soirée se poursuivait dans la bonne humeur, grâce essentiellement à Elias, qui n'avait pas fait tout un plat – c'est le cas de le dire – de l'incident. Pas sûr que tante Lulu aurait géré les choses avec la même bonhomie si cette mésaventure lui était arrivée. Il suffisait pour s'en convaincre d'observer les regards sévères qu'elle adressait à Pilou tout en mordant dans son sandwich !

Lucas bombardait Elias de questions : oui, New York, c'était grand, et les immeubles étaient très hauts, comme à la télé. Elias semblait amusé par les interrogations de mon fils, il y répondait néanmoins avec beaucoup de sérieux, en multipliant les détails et les anecdotes, comme ce jour où il s'était perdu dans le Bronx, et avait terminé la soirée dans une *houseparty*, invité par des fêtards auxquels il avait demandé son chemin. Mon fils n'était pas le seul à être suspendu à ses lèvres. À ma grande surprise, Elias le taciturne s'avérait un excellent conteur, et ses histoires de jeunesse me donnaient envie de boucler ma valise, direction l'aéroport. En dehors d'une sortie scolaire en Italie il y a bien longtemps et mes séjours répétés à Arcachon avec l'autre abruti, je n'avais pas beaucoup parcouru le monde. Pendant que je rêvassais à un futur séjour dans la Grosse Pomme, avec Elias comme guide particulier à mes côtés, tante Lulu commençait à piquer du nez juste après avoir avalé la dernière bouchée de sa tarte aux quetsches.

Bientôt, Lucas me demanda la permission de jouer à son jeu vidéo préféré, une histoire sans queue ni tête de lutins se poursuivant sans relâche au milieu d'une forêt aux couleurs outrageusement agressives. J'acceptai, à condition que la séance ne dépasse pas vingt minutes et qu'il n'y ait pas de protestations au moment d'éteindre l'écran. Lucas s'empara aussitôt de sa manette, collé de très près par sa sœur qui, décidément, ne montrait aucun signe de fatigue.

Tous les bons moments ayant une fin, la parenthèse laxiste s'acheva lorsque l'heure du coucher retentit, implacable. Malgré les promesses, il y eut bien quelques grognements de mécontentement émanant de Lucas, un début de caprice assaisonné de quelques pleurs de la part de Pilou, mais l'opération dodo se déroula sans anicroche notable. Tous deux réclamèrent pour s'endormir un bisou d'Elias, événement inédit jusqu'alors. Pilou ne voulait plus lui lâcher le cou, auquel elle s'était accrochée comme une naufragée à sa bouée. Quant à Lucas, il avait l'air un peu intimidé ; cela faisait une éternité qu'une personne autre que la tante ou moi ne s'était penchée sur son lit pour lui souhaiter de beaux rêves.

— Voilà une bonne chose de faite, soupirai-je en refermant la porte du grand.

— Et il en reste une encore meilleure : aller me coucher à mon tour ! émit tante Lulu en poussant un bâillement éléphantesque.

Après l'avoir aidée à sortir de son fauteuil roulant pour l'installer dans son lit, Elias et moi nous retrouvâmes tous les deux, seuls pour la toute première fois.

— Je vais peut-être y aller à présent, dit-il doucement, comme impressionné par cette intimité soudaine.

— Non, protestai-je, il est encore tôt, on va s'installer au salon. Je ne vous propose pas un petit cognac, si j'ai bien compris, mais je peux vous faire un café, un thé, une camomille, enfin, ce que vous voulez…

Les occasions de bavarder avec un homme, en tête à tête, dans une ambiance feutrée (si l'on voulait bien faire abstraction des jouets de Pilou qui traînaient un peu partout sur le parquet) étaient rares, voire inexistantes, dans la région. Et puis ses récits new-yorkais m'avaient mise en appétit, et je ne voulais pas laisser passer l'occasion unique qui m'était présentée : soulever rien qu'un petit peu le voile de mystère qui entourait jusqu'à présent ma nounou barbue.

Le sentant hésitant, je lui ménageai tout de même une porte de sortie afin de vérifier si ce n'était pas la timidité qui l'empêchait de m'avouer qu'il désirait tout simplement rentrer chez lui.

— Vous avez peut-être une peinture qui vous attend ?

— Une… ? Ah non ! Pas ce soir, je n'aurai pas le courage. Bon, allez… Je veux bien un café, si ça ne vous dérange pas.

Je fis aussi sec demi-tour en direction de la cuisine, ce qui me permit de dissimuler le *yes !* muet et l'expression de triomphe qui illuminait mon visage. Pour un peu, j'aurais levé mon poing serré en signe de victoire. Je réalisai à cet instant précis que je n'avais pas du tout envie qu'Elias s'en aille.

10

Nous nous installâmes donc au salon, chacun un expresso en main, lui sur le canapé, moi sur le fauteuil lui faisant face, dans la même configuration que nous avions naturellement adoptée quelques semaines auparavant, lors de « l'entretien d'embauche ».

— Vous vous souvenez ? Ça fait combien, déjà ? Attendez, je calcule (on était à la mi-novembre), eh bien, ça fait presque un mois, déjà ! Le temps passe, dis-je après un léger silence.

Je réalisai au même moment que, si je commençais à enfiler les banalités de cet acabit, Elias sombrerait dans le sommeil avant même que son café ait eu le temps de refroidir.

Pour ce premier tête-à-tête, il fallait que je me montre à la hauteur. Après tout, c'était moi qui avais insisté pour qu'il reste, et j'avais vraiment envie que la discussion dure au-delà des dix minutes qu'on accorde par politesse avant de lever le camp. J'imaginais que les sujets se succéderaient sans temps morts, que l'on parlerait de tout et de rien. Après avoir entendu Elias conter la Grosse Pomme, j'avais envie de rire, de m'étonner, qu'il m'électrise avec ses histoires de New York ou d'ailleurs : j'étais convaincue – un peu naïvement – que la vie antérieure d'Elias avait été pleine de rebondissements et d'aventures extravagantes, et j'avais hâte de les découvrir. Seulement, la Cathy curieuse, exaltée, enflammée n'osait pas se lancer, et je pris conscience avec étonnement que me retrouver seule avec cet homme me faisait perdre une partie de mes moyens. Prudente, j'engageai donc la conversation sur un sujet que nous avions en commun. Le seul, à vrai dire. Pour le moment.

— Vous savez que Lucas m'a demandé de lui acheter du papier Canson et des crayons noirs, des « vrais crayons de dessinateur », comme il dit. Il s'est pris de passion pour le dessin grâce à vous, c'est génial ! Moi, je dessine comme si j'avais le bras dans le plâtre, une vraie catastrophe, jamais été douée.

— C'est aussi une question de travail…

— C'est vrai que ça peut aider… Que faut-il faire pour devenir artiste ?

La question fit rire Elias.

— Il suffit de dire « Je suis un artiste », et voir ensuite si votre entourage vous croit ! En complément, s'inscrire dans une école peut s'avérer utile. Moi, j'ai fait les Beaux-Arts, à Paris, pendant trois ans, avant de partir aux États-Unis, comme vous le savez. Puis, à mon retour en France, j'ai eu la chance d'exposer mes toiles dans une petite galerie, du côté de Beaubourg. Le vernissage a plutôt bien marché, alors j'en ai organisé un autre la même année. De fil en aiguille, j'ai acquis une certaine notoriété, quelques amateurs d'art appréciaient mon travail et m'achetaient régulièrement des toiles. Bien sûr, ça ne suffit pas pour vivre, alors pour m'assurer un revenu fixe, j'ai été prof de dessin en collège, j'ai donné des cours pour des associations aussi. Heureusement, grâce à ma sœur qui me logeait en échange de la garde de ses enfants, je n'avais pas de loyer à payer.

— J'aimerais bien voir ce que vous faites ! m'exclamai-je, excitée comme une gamine. On peut voir vos toiles sur Internet ? Vous avez un site ?

— Non, mais je pense qu'on peut encore trouver quelques reproductions mises en ligne par les galeries qui m'ont exposé.

— Oh ! Ça ne vous dérange pas que je regarde sur ma tablette ? Je suis vraiment curieuse de savoir ce que vous peignez. C'est du figuratif ? De l'abstrait ?

— Je préfère ne rien dire, allez voir par vous-même !

Sous l'œil amusé d'Elias, j'allumai la tablette, me positionnai sur le moteur de recherche et tapai son nom.

— « Elias Rivière », c'est bien ça ? Le même nom que pour les chèques emploi services ?

— Oui, je n'ai pas de pseudo.

— Vous n'en avez pas besoin ! C'est joli, Elias Rivière, je trouve. Pour un peintre, ça sonne vraiment bien. C'est vrai, les peintres peignent souvent des rivières, non ? Enfin, bon, je ne suis pas une spécialiste…

J'étais gentiment en train de m'embourber dans un discours de groupie énamourée lorsque le résultat de la recherche apparut enfin sur l'écran pour me sauver du ridicule.

— Ah ! Voilà !

Sur la page s'étalait une dizaine de vignettes aux couleurs vives. Je cliquai sur la première pour la voir en grand format.

Il s'agissait d'une huile sur toile représentant, dans des formes stylisées tout en volutes et en courbes harmonieuses, une femme nue étendue sur un imposant fauteuil, les jambes à cheval sur les accoudoirs, offrant au regard son sexe entrouvert.

— Eh ben…

J'avais bien conscience que ma réaction était un peu courte. Je jetai un regard à Elias, qui m'observait en caressant sa barbe, un petit sourire en coin.

— Non, mais, j'aime bien, hein ! J'aime bien les formes, les couleurs et… bon, la position de la femme est un peu… impudique. Mais n'allez pas croire que je suis choquée, hein ! Oh la la ! Il m'en faut plus ! C'est qu'en réalité ça me fait bizarre de regarder ce tableau en présence de l'artiste qui l'a réalisé. C'est un peu comme si… je vous voyais tout nu !

Je sentis le sang me monter aux joues en réalisant que ma comparaison était un peu tordue, mais ça n'eut pas vraiment l'air de choquer Elias, qui m'écoutait avec beaucoup d'attention en poursuivant son lissage de barbe.

— Enfin… vous me saisissez. Je ne sais pas si je m'exprime bien.

— Oh, mais j'ai parfaitement compris ! Par contre, je dois vous avouer que je suis un peu embêté de me retrouver tout nu devant vous. C'est vrai, je ne m'étais pas préparé à ça. J'espère juste que la tante Lulu ne va pas faire irruption sur son fauteuil : elle pourrait être choquée !

À son regard plein de malice, je compris immédiatement qu'il plaisantait, et j'éclatai de rire. Pas trop fort tout de même pour ne pas réveiller la maisonnée.

— Je ne vous connaissais pas si taquin, monsieur Elias !

— Vous ne me connaissez pas, tout court.

C'était exact, et ce que je découvrais d'un coup attisait ma curiosité.

— Vous savez, reprit-il, si vous étiez un acheteur potentiel, je vous débiterais le discours classique sur un ton très sérieux, du style : « Chacun réagit à sa manière, c'est très personnel. Le plus important, j'ai envie de dire, c'est de réagir. Ça signifie que le tableau a provoqué quelque chose en vous. Si vous n'arrivez pas à mettre des mots dessus, ce n'est pas grave, blablabla… L'essentiel, c'est qu'à la fin vous sortiez votre carnet de chèques… » Ah ah, bien sûr, ça, je ne l'aurais pas dit, mais je l'aurais pensé très fort. Cette toile, c'est un industriel japonais qui me l'a achetée. Il est littéralement tombé en arrêt devant elle. Je ne sais pas ce qui a provoqué cette réaction chez lui, et je vais vous faire un aveu : je ne tiens pas à le savoir ! Toujours est-il qu'effectivement il a sorti son carnet de chèques. Sans même demander le prix.

Si j'avais osé, je lui aurais bien demandé le prix, moi. Je trouvais ça génial que l'on puisse gagner de l'argent avec ce qu'on aime faire par-dessus tout. Comme s'il avait lu dans mes pensées, Elias modéra mon enthousiasme.

— Ce genre de situations n'arrive quasiment jamais, cela dit. Il peut se passer des mois avant de vendre une toile, et là, heureusement qu'il y a les cours à côté.

— Pourquoi vous ne cherchez pas à donner des cours dans la région ? Ça serait quand même mieux que de garder des enfants… Enfin, je dis ça… Moi, je ne m'en plains pas du tout, bien au contraire, je suis ravie, et les enfants aussi !

— Parce que, en venant ici, j'ai décidé de changer de vie, de couper avec mes anciennes habitudes. Plus de cours, plus d'expositions. Je me laisse le temps de voir venir, j'ai besoin de faire un break pour retrouver l'inspiration.

Pourquoi avoir besoin de faire un break ? La question me brûlait les lèvres mais, une fois encore, je n'osais pas me lancer. À la façon dont il me regardait, je pressentais qu'il n'en dirait pas plus, et je n'avais pas envie de me montrer indiscrète sous prétexte de satisfaire ma curiosité. J'avais donc reporté mon attention sur les images et les observais en silence, cliquant parfois sur l'une d'elles pour en découvrir les détails. Il y avait beaucoup de femmes nues, toujours dans des positions pas très naturelles, quelques paysages urbains également, qui représentaient essentiellement des immeubles immenses collés les uns aux autres sur un fond de ciel gris. Ce n'était pas d'une gaieté folle, je n'étais pas certaine de vouloir accrocher l'une de ces toiles dans mon salon, mais ça « provoquait quelque chose en moi », comme disait Elias.

— Il n'y a pas de peintures plus récentes que 2012 ?

— Vous savez, il n'y a pas tout sur Internet.

— C'est vrai ! On a trop tendance à penser qu'on y trouve absolument tout… Vous voulez un autre café ?

— Avec plaisir, mais à condition que vous me parliez un peu de vous ! Parce que, pour l'instant, il n'y en a que pour Elias Rivière !

— Moi qui pensais que les artistes adoraient passer leur temps à parler d'eux ! répondis-je en riant.

— C'est vrai que la profession est plutôt bien fournie en égocentriques, mais je crois que je n'en fais pas partie. En toute modestie, bien sûr. Disons que vous n'avez pas de chance : vous avez devant vous l'exception qui confirme la règle.

Je revins quelques minutes plus tard avec deux nouveaux expressos.

— Alors, que voulez-vous savoir ? Parce que, pour être franche, j'ai l'impression d'être parfaitement transparente, d'autant que vous connaissez déjà l'essentiel, je vous ai déjà tout raconté lors de notre « entretien d'embauche » : mère de deux enfants – ça, vous êtes payé pour le savoir –, gérante d'un salon de coiffure à Bergniac…

— Eh bien, ça, ça m'intéresse, justement ! Vu que je me coupe moi-même les cheveux, c'est un domaine que je ne connais pas vraiment. Pour tout vous dire, je ne me souviens même pas la dernière fois que j'ai mis les pieds dans un salon. Pourtant, en tant que peintre, les longues chevelures des femmes me fascinent. Je trouve les vôtres très beaux, par exemple. Leur couleur, leur ondoiement me font penser à ce tableau de Botticelli, *La Naissance de Vénus*.

— Merci, c'est gentil, répondis-je le rose aux joues tout en tapant « Botticelli » dans le moteur de recherche de ma tablette.

L'image d'une femme nue se tenant dans une coquille Saint-Jacques géante apparut bientôt.

— Ah, mais oui ! m'exclamai-je, je connais cette peinture. Vous exagérez un peu, je n'ai pas une chevelure aussi fournie. Heureusement d'ailleurs, car ça demande un sacré entretien.

Ma réflexion le fit sourire.

— Oublions ce bon vieux Botticelli et revenons à vous ! La coiffure, c'est une vocation ?

— Je crois qu'on peut dire ça. Toute gamine, je passais des après-midi entiers à regarder ma tante officier dans son salon. Ça avait quelque chose de magique, parfois. Je me souviens d'une femme – j'ai oublié son nom – qui venait régulièrement, les mèches en pétard, un vrai champ de bataille. J'arrive pas à les discipliner, pleurnichait-elle, il n'y a que toi qui puisses mettre un peu d'ordre dans ce fouillis. En rigolant, tante Lulu l'installait sur un fauteuil, et en une poignée de minutes le miracle avait opéré : la femme se levait, le cheveu enfin docile et souple, et repartait, radieuse comme jamais. Pour un peu, elle aurait embrassé la tante comme du bon pain ! Je sais que c'est un peu naïf – j'étais jeune à l'époque –, mais c'est en observant ce genre de scène que l'envie est venue : moi aussi, je voulais que les gens retrouvent le sourire entre mes doigts. C'est bête, n'est-ce pas ?

— Pas du tout, je trouve ça touchant. C'est une motivation plutôt noble de vouloir rendre les gens heureux, non ? Quel que soit le moyen utilisé. En tout cas, vous ne devez pas vous ennuyer, avec tous ces cœurs à regonfler, plaisanta-t-il.

— Oui, les journées passent vite, il faut dire aussi que les clientes ne viennent pas uniquement pour qu'on s'occupe de leur bien-être capillaire, mais aussi pour se retrouver, pour papoter, un peu comme au café du commerce… mais en nettement plus sobre ! Dans le domaine du bavardage, je dois avouer que je ne suis pas la plus douée. C'est vrai qu'avec Ghislaine la concurrence est rude : s'il existait un championnat du cancanage, elle le gagnerait haut la main ! C'est bien simple, même quand il n'y a plus personne dans le salon, elle continue de parler. Chez elle, c'est une seconde nature. Ah, Ghislaine ! Vous savez que c'est une artiste, elle aussi ?

— Ah bon ? fit Elias, intrigué.

— Enfin, dans son genre… Elle aime improviser sur la tête des clientes, mais les clientes ne sont pas vraiment d'accord. Une artiste incomprise, quoi.

— Elle est sans doute en avance sur son temps, sourit Elias. En tout cas, telle que vous me la décrivez, elle a l'air sympathique.

— Ça tombe bien : figurez-vous qu'elle vous trouve drôlement à son goût !

— Allons donc ! Je ne connais pas de Ghislaine, marmonna Elias, en fronçant les sourcils.

— Possible, mais, elle, elle vous connaît : je lui ai montré les photos que vous m'envoyez avec les enfants. C'est une belle femme, vous savez, le genre « quarantaine conquérante ». Si ça vous dit, je peux vous arranger une rencontre.

Sous couvert de plaisanterie, j'essayais – pas très subtilement – d'évaluer son degré d'intérêt pour ce genre d'opportunité. Après tout, il aurait très bien pu me répondre : « Ah, mais oui ! Carrément ! Ça tombe bien que vous m'en parliez parce que j'ai justement une de ces dalles en ce moment ! C'est quoi son 06 ? Vous croyez que je peux l'appeler maintenant ? »

En fait, sa réaction sur le ton de la plaisanterie fut plutôt rassurante.

— Écoutez, je vous remercie pour cette alléchante proposition, mais je préfère décliner.

Puis, sans transition apparente, il enchaîna :

— L'autre jour, Lucas m'a dit que son papa était parti, sans plus de détails. Vous êtes divorcée, c'est ça ?

Je pris une profonde inspiration qu'Elias interpréta un peu vite comme un signe de détresse intense.

— Oh, je suis désolé, je suis très maladroit, je ne voulais pas vous faire de la peine, oubliez ma question !

J'eus un rire sarcastique.

— Ne vous en faites pas, la peine est loin, très loin derrière moi.

Je lui racontai alors mon histoire, et comment l'autre imbécile de Denis était parti un beau jour sans crier gare s'installer à la Réunion pour les beaux yeux de sa secrétaire à gros seins. Malgré la distance, mon lamentable ex dut avoir les oreilles qui sifflent comme un arbitre de foot. Le moins qu'on puisse dire est qu'il ne sortait pas grandi de mon récit : lâche, menteur, trouillard, je chargeais la barque au maximum, le couvrant de ridicule avec une joie féroce en exhumant les vestiges de ma vie passée : son sacro-saint poulet-pommes dauphines du dimanche midi, ses cravates bariolées, ses chemises marquées de ses initiales, sa manie d'enfiler un bleu de travail et un chapeau de paille dès qu'il mettait un pied dans le jardin, pour faire paysan du cru, son désir de paraître plus grand que tout le monde avec ses talonnettes de douze centimètres, son rituel whisky-chipster devant *Les Marseillais à Miami*, fascinante télé-réalité dont il n'aurait raté un épisode pour rien au monde, même lorsque son fils s'était cassé le bras en sortant de la baignoire. Bref, tout y passait dans le plus joyeux désordre, dans une sorte d'exorcisme libérateur qui rendait Elias hilare. Il devait sans doute se dire qu'en face de lui se dressait une sacrée bonne femme, une battante, une gagnante au caractère trempé dans l'acier dont on fait les glaives vengeurs. C'était précisément l'image que j'avais envie de lui donner de moi.

Tant qu'on ne me faisait pas d'objections, tant que personne n'émettait le moindre doute, j'y croyais aussi.

C'est vrai, ce soir-là, je forçais vraiment la note dans le genre « fille rigolote que la vie n'a pas épargnée, mais qui s'en tirera toujours grâce à son sens de la dérision ». Mais ça me faisait tellement de bien de me défouler et de voir Elias rire avec moi, comme deux vieux complices, j'avais l'impression à ce moment précis que rien d'autre n'avait d'importance.

Pourtant, lorsque j'eus terminé mon petit numéro, la réalité me rappela à l'ordre : mon histoire était loin d'être aussi comique que le laissait supposer mon *one woman show* et mes moqueries appuyées. Ma posture de fanfaronne s'éclipsa alors pour laisser place à une grande lassitude. Mes enfants n'avaient plus vu leur père depuis plus d'un an, et je ne savais pas quoi répondre lorsque Lucas me demandait quand papa allait revenir. Pilou qui se réveillait en pleine nuit avec ces deux syllabes à la bouche : « papa »... Elle aussi morflait, la pauvre. Il n'y avait pas vraiment matière à rire.

Je restai les yeux posés sur le plancher, tandis qu'Elias me regardait sans rien dire, la mine grave. Il avait probablement deviné que, derrière mon sourire de façade, se jouait quelque chose de plus douloureux.

Quoi qu'il en soit, je ne l'avais pas invité pour qu'il s'apitoie sur mon sort. Vite : me ressaisir, insuffler un peu de gaieté à cette toute fin de soirée, pour qu'elle reste dans nos esprits comme un beau souvenir. Je me redressai dans mon fauteuil et, avec un sourire forcé qui voulait compenser la buée couvrant mes yeux, je lançai la première phrase qui me passait par l'esprit :

— Bon, Elias, et vos amours, dans tout ça ? J'ai bien compris qu'un rencard avec Ghislaine ne vous intéressait pas plus que ça, alors quoi ? Moi, je vous ai tout dit, à présent, c'est à votre tour de vous confier.

Aussi surpris par la question que je l'étais de ma soudaine audace, il me fixa un moment, cherchant dans mon expression à en évaluer le degré de sérieux. Il dut se rendre compte de mon regard humide.

— J'ai divorcé, il y a quelques années. Mais, contrairement à vous, et malgré le temps qui a passé, j'ai encore du mal à en parler. Je crois d'ailleurs que je n'en ai pas vraiment envie.

Mince ! Alors que, pour la première fois de la soirée, j'osais faire preuve d'un peu de témérité, je me prenais un revers smatché en pleine face, genre Djokovic en finale de Roland-Garros.

— Alors, à mon tour d'être désolée… Ça fait un partout.

Je compris qu'il était inutile de poursuivre sur ce sujet, je n'en apprendrais pas plus. Quel intérêt, d'ailleurs ? J'avais, contre toute attente, obtenu une information précieuse. Toutefois, elle ne débouchait sur aucune perspective particulière. Si Elias était seul, il n'avait pas encore fait le deuil de son mariage visiblement parti en sucette. Et le « quelques années » évoqué était bien flou. Quelle réalité se cachait derrière : deux, quatre, six ans ? Les paroles de Ghislaine résonnèrent à mes oreilles : « Les mecs qui vivent dans le passé, y a rien à en tirer, crois-moi ! » Peut-être avait-elle raison, mais je n'étais pas obligée de la croire sur parole non plus ! D'où sortaient ses certitudes ? De son club de lecture ?

Après un moment de silence, Elias reprit, comme s'il s'adressait à lui seul :

— Je ne comprends pas : comment un homme peut-il tirer un trait sur sa famille, en un claquement de doigts ? Comment peut-on oublier ses enfants, presque du jour au lendemain ?

Il avait l'air réellement affecté et, pour éviter de plomber de nouveau l'atmosphère, je répondis par une boutade :

— Allez savoir, peut-être qu'il ne les trouvait pas à son goût, trop bruyants, trop envahissants ? Mais la vraie réponse est plutôt à chercher du côté de la taille de soutif de sa miss monde. C'est assez commun ce genre d'histoire, finalement. Dans quelques années, il se dira : « Au fait ! Je ne serais pas le père de deux enfants, moi ? Maintenant que l'âge des couches-culottes est passé, il serait peut-être temps d'affirmer ma paternité ! »

Elias sourit tristement, comme si ma pirouette ne l'avait pas vraiment convaincu.

— De toute façon, tout ça, c'est de l'histoire ancienne, repris-je pour le rassurer, et moi aussi, par la même occasion. Vous savez, on dit souvent qu'on a plusieurs vies. Pas les neuf vies des chats, pas la réincarnation en bestiole ou je ne sais quoi… Je parle bien de cette vie-là, qu'on passe sur Terre… Eh bien, moi, c'est un peu comme si…

L'alcool aidant, j'avais un peu de mal à trouver mes mots, à rassembler mes idées. Subitement, l'inspiration s'abattit sur moi telle une volée de moineaux sur un champ de colza :

— … Comme si j'étais redevenue un bébé ! Voilà ! Un bébé qui serait né avec le départ de mon ex-mari et les épreuves que j'ai dû traverser. Aujourd'hui, j'ai tout juste un an, plein de choses à découvrir, et des rêves à réaliser, pour moi, pour mes enfants ! OK, là, la métaphore du bébé ne marche plus trop, mais vous avez saisi le sens.

Elias, visiblement intrigué par mon délire, me demanda en souriant :

— Et comment vous la voyez, cette nouvelle vie, dans les années à venir ?

Je répondis spontanément, sans chercher à faire le tri dans les idées qui se bousculaient dans ma tête :

— Je m'imagine bien dans une grande maison avec un beau jardin, entourée de hauts murs en pierre, comme un cocon, vous voyez, où les enfants pourraient jouer en toute tranquillité. Il y aurait des animaux un peu partout, des chats, des chiens, des poules, des lapins : tout ce qui porte des plumes ou marche à quatre pattes serait le bienvenu. Ce petit monde coulerait des jours paisibles, sans que l'ombre d'un nuage ne traverse notre ciel. Ouais, ça, ça serait vraiment bien… Ah ! Et il faudrait aussi une vache, pour le lait, et un mouton pour éviter de se fatiguer à tondre la pelouse.

— Et vous ne voulez pas des murs en pain d'épice et des fontaines de crème glacée, aussi ?

— Ah oui, tiens, je n'y avais pas pensé… Je le note ! Allez, je sais ce que vous pensez, mon tableau sent un peu la guimauve.

Eh bien, j'assume… En fait, j'aime bien ma maison, mais elle me rappelle trop ma vie d'avant. Parfois, je m'attends à voir Denis surgir de la salle de bains en râlant qu'il n'y a plus de dentifrice, ou de la cuisine en râlant qu'il n'y a plus de biscottes, ou de n'importe quelle autre pièce… mais toujours en râlant. C'est fatigant ! Pour le moment, mon rêve d'évasion reste inaccessible. J'ai trop le nez dans le guidon, entre le salon, les enfants encore petits. Mais dans quelques années, qui sait ?

— C'est important d'avoir des rêves, approuva Elias, songeur.

— Vous devez en avoir aussi ?

— Oui, bien sûr. Mais ne me demandez pas lesquels, je ne suis pas encore tout à fait fixé.

Je fronçai les sourcils. Cette réponse ressemblait à s'y méprendre à une jolie pirouette.

— Vous me direz quand vous aurez trouvé ?

— Je vous le promets.

J'avais volontairement omis, durant notre conversation, de mentionner un élément qui, pourtant, s'avérait essentiel à mes yeux : cette maison, je voulais l'habiter avec un homme qui m'aimerait vraiment et sur lequel je pourrais compter, pas comme l'autre anguille de Denis. Et un homme en chair et en os, parce que « Brad Pitt », il était bien gentil, bien efficace, mais manquait singulièrement de chaleur et de conversation. Je n'avais pas raconté tout ça à Elias, par pudeur sans doute, et aussi par fierté : je ne voulais pas qu'il me perçoive comme une femme « en recherche », une mère isolée en quête d'un mâle pour combler sa solitude. Hors de question d'inspirer la pitié.

Plus tard, dans la soirée, j'enfilai mon manteau pour le raccompagner sur le perron. La discussion s'était poursuivie jusque tard sans que l'on voie le temps passer. Au milieu de la nuit, à cette période de l'année, les températures étaient plutôt fraîches dans la région, à peine quelques degrés au-dessus de zéro. En remontant mon col autour de mes oreilles, je l'observai enclencher la dynamo de son vélo, enfiler ses gants puis grimper sur la selle.

— Dites, Elias, si on se tutoyait ?

Plusieurs fois dans la discussion, j'avais eu envie de le lui demander sans parvenir à franchir le pas, et, là, c'était ma dernière chance de mettre à profit la proximité temporaire que cette soirée avait favorisée. Demain, une fois la lumière du jour revenue, il serait peut-être trop tard.

Son vélo était déjà positionné dans l'axe du chemin qui le menait à la route, un pied posé sur la pédale, prêt à entraîner l'engin. Il se tourna vers moi, et la lumière du porche enveloppa son visage d'une aura jaune qui donnait une drôle de nuance à ses yeux bleus.

— C'est amusant, cette idée m'a traversé l'esprit plusieurs fois durant la soirée. C'est idiot, mais je n'ai pas osé. Je suis content que tu fasses le premier pas.

Nous nous regardâmes en souriant, comme si nous avions bravement franchi une étape.

— Alors, rentre bien, et sois prudent.

— Alors… Passe une bonne nuit !

Sa silhouette se perdit bien vite dans les méandres du chemin plongé dans la pénombre, et je restai là encore quelques instants à regarder le point précis où il avait disparu.

11

Il y eut un avant et un après la « soirée pot-au-feu sucré salé ». Était-ce le tutoiement que j'avais réussi à instaurer *in extremis* ? Toujours est-il que cette fameuse proximité, loin de s'évaporer, s'était peu à peu affirmée au fil des jours et des semaines qui avaient suivi, comme si le bon petit plat massacré par Pilou avait scellé le début d'une « amitié » – à défaut d'un mot plus adapté pour qualifier ce curieux lien qui existait désormais entre nous.

Curieux, car Elias possédait une personnalité difficile à cerner : d'une bienveillance à toute épreuve, doux et prévenant, il aurait pu faire figure de gendre idéal auprès de n'importe quelle belle-mère. Il était cependant impossible d'aller au-delà de cette jolie façade lisse. Je l'avais constaté à plusieurs reprises : il fuyait comme la peste les conversations touchant à son intimité, et trouvait à chaque fois une solution élégante pour s'en débarrasser, grâce à une technique simple qui consistait à noyer le sujet dans des considérations générales inoffensives, souvent teintées d'humour et de dérision. Moi qui étais toujours partante pour étaler sans trop de pudeur les affres de ma petite vie cabossée, ça me faisait tout drôle, même si je tirais de cette différence un avantage notoire : je parlais et il écoutait, les rôles étaient bien répartis. J'aurais tout de même aimé, de temps à autre, que l'on échange un petit moment nos rôles. Question d'équilibre. Cette attitude à la fois proche et lointaine, tendre et farouche, me donnait la sensation étrange d'être la cavalière étourdie d'une valse-hésitation conduite par Elias : un pas en avant, un pas en arrière.

Un jour où nous nous promenions en forêt, j'avais tout de même réussi à lui arracher une confidence, pendant qu'il s'échinait à pousser le fauteuil de la tante. Je venais d'évoquer la disparition de mes parents, chacun emporté par un cancer à deux ans d'intervalle alors que je sortais à peine de l'adolescence. Lui aussi, m'avait-il avoué derrière sa grosse écharpe de laine qui ne laissait passer que la buée de sa respiration, était un « sans famille ».

— Eh bien ! On dirait que le destin ne nous a pas fait de cadeaux ! Mon père est décédé alors que j'étais très jeune, à peine 2 ans, je ne l'ai pas vraiment connu. Quant à ma mère, elle est morte quand j'étais en troisième année, aux Beaux-Arts. C'est juste après que j'ai décidé de quitter la capitale pour New York. Je n'avais aucune envie de me retrouver seul à Paris, dans cet appartement du 20e arrondissement un peu trop rempli de souvenirs…

— Au moins, tu avais ta sœur pour te soutenir.

— Elle était déjà mariée à cette époque, et habitait Londres. Je n'ai pas eu la chance d'avoir une tante Lulu, conclut-il en clignant de l'œil.

Nous avions donc, du moins pour ce qui était de l'histoire familiale, un parcours de vie comparable. J'aurais bien aimé poursuivre cette conversation, mais Pilou venait de s'étaler de tout son long au beau milieu d'une flaque d'eau glacée, et nous avions dû rentrer en catastrophe à la maison. Elias n'était jamais revenu sur le sujet des parents. Les quelques mots échangés en forêt semblaient avoir suffi à faire le tour de la question. Toutefois, je ne pouvais m'empêcher de penser que ce point commun qui nous unissait avait contribué à resserrer nos liens, comme si nous étions issus d'une même famille. Plus le temps passait, plus je me résignais à admettre cette particularité : Elias appartenait à la race des êtres secrets qui n'ouvrent leur porte qu'à de rares occasions, pour un temps limité. Et alors ? Était-ce si gênant ? Car, en dehors de son caractère énigmatique, il avait réussi, par sa seule présence, à insuffler des couleurs jusqu'alors inconnues au quotidien de ma petite famille. N'était-ce pas le plus important ? Les enfants l'adoraient, et il ne se passait pas un week-end sans qu'il nous rende visite avec, entre les mains, un kilo de tomates anciennes qu'il avait trouvées au marché, un illustré pour Lucas, une peluche pour Pilou, ou n'importe quelle trouvaille qui lui offrait l'occasion de sonner à la porte. Souvent, le samedi, après ma journée au salon, il se proposait de nous accompagner pour le plein de victuailles au centre commercial de Bergniac. Synonyme pour Lucas et Pilou de courses effrénées, juchés sur le chariot, au milieu des allées du magasin. On les entendait éclater de rire d'un rayon à l'autre, tandis qu'autour de nous les clients étonnés se demandaient de quelle animation commerciale il pouvait s'agir.

À chaque fois, sur le ton de la plaisanterie, Elias me demandait si j'étais partante, moi aussi, pour un petit périple à roulettes. Un jour, j'avais fini par le prendre au mot, et je m'étais retrouvée à genoux au fond du chariot, sur le parking du centre. Les enfants, qui admiraient le spectacle par le hayon ouvert de la voiture, m'applaudissaient à tout rompre. Une fois rentré à la maison, Lucas n'avait pu s'empêcher de raconter l'incroyable événement à tante Lulu que ça n'avait pas amusée du tout.

— Vous avez quel âge, tous les deux ? Et si tu étais tombée ? Ou si une voiture vous était rentrée dedans ? Vous ne pensez pas qu'une estropiée, ça suffit amplement dans cette maison ? Et quel bel exemple pour les enfants !

Nous nous étions regardés avec Elias comme deux gamins qui viennent de se faire attraper la main dans le pot de confiture sans toutefois en éprouver la moindre culpabilité. Forcément, la tante avait raison : tout ceci n'était pas très sérieux. Mais notre sympathique parenthèse « pétage de plombs » valait bien un sermon de Lulu. C'était tellement bon de voir le visage d'Elias illuminé par un franc sourire, d'entendre son rire retentir derrière moi pendant que je m'agrippais aux rebords du chariot, que j'étais prête à tout pour renouveler ces instants d'allégresse partagés.

Quasiment tous les dimanches, je l'appelais pour la sacro-sainte promenade dominicale dans les bois, et un quart d'heure plus tard, on le voyait arriver sur son vélo, bottes en caoutchouc aux pieds et sac au dos pour emporter le goûter. Il avait raconté aux enfants que le gnome à chapeau rouge qui servait de doudou à Pilou avait de la famille qui habitait en forêt : pas plus tard que la semaine dernière, il en avait vu deux qui cueillaient des racines pour se nourrir. Si Lucas avait deviné la grosse farce, Pilou avait sans réserve adhéré à la fable. D'habitude peu friande des promenades à pied (« Mal aux jambes ! Mal aux jambes ! »), elle ne se faisait plus prier pour arpenter sans fin les sous-bois, dans l'espoir de tomber nez à nez avec le cousin de sa figurine.

— C'est pas bien de raconter des fadaises aux enfants, avait jugé tante Lulu.

— Ce ne sont pas des fadaises si elle y croit sincèrement, s'était défendu Elias. Regardez comme elle frétille de joie à l'idée de tomber sur un lutin. Ça ne vous donne pas envie d'y croire vous aussi, tante Lulu ?

— J'ai passé l'âge de croire aux lutins, avait répondu la tante sur un ton bourru.

— Eh bien, moi, étais-je intervenue en enserrant le bras d'Elias pour lui montrer mon soutien, j'ai bien envie d'y croire ! Après tout, on ne sait jamais, n'est-ce pas ? Ce n'est pas parce qu'on n'en a pas encore vu qu'ils n'existent pas.

— Exactement, avait-il approuvé, en me regardant avec satisfaction.

— Oh ! Vous faites bien la paire, tous les deux ! s'était déridée la tante.

Ainsi, la nounou barbue passait beaucoup de temps avec nous, bien au-delà des termes prévus par son « contrat de travail », et cette présence assidue était pour moi la preuve que quelque chose de spécial nous unissait, Elias et moi. Tante Lulu, si elle appréciait sa compagnie, ne pouvait s'empêcher de s'interroger en me prenant à témoin :

— Franchement, Cathy, tu ne crois pas qu'un garçon comme Elias a autre chose à faire de son temps libre ? Il passe déjà tous les jours de la semaine dans la maison, et le week-end, il remet ça !

— Pourtant, tu y trouves ton compte, je crois.

— Ah ! Moi, ça ne me gêne pas du tout, bien au contraire. Tu sais très bien que j'apprécie sa présence. Mais c'est pour lui que ça me dérange : qu'est-ce qui lui reste pour vivre sa vie à lui ? Ou alors…

— Ou alors quoi ?

— Ou alors il a une raison que l'on ignore.

— Oh la la, tante Lulu, dans quoi tu vas encore t'embarquer ! Toi, tu viens de finir un Agatha Christie et ça te tape sur le ciboulot !

— Rien à voir avec Agatha Christie. En fait, ça fait un petit moment que cette idée me trotte dans la tête : Elias a le béguin pour toi, ma petite Cathy. Et tu veux que je te dise ? Je crois bien que c'est réciproque.

Mon cœur s'inscrivit aux abonnés absents pendant quelques secondes : c'est comme si la tante venait d'étaler au grand jour, et avec la subtilité qui la caractérise, tous mes espoirs secrets, et mettait des mots très précis sur ce fameux « quelque chose de spécial ». Quoi qu'il en soit, cette intrusion dans mon intimité n'avait rien de très agréable, et je décidai avant tout de sauver la face en me faisant l'avocat du diable.

— Alors là, c'est la meilleure ! Je retire ce que j'ai dit : c'est pas Agatha Christie, c'est Barbara Cartland ! Mais, enfin, tante Lulu, pourquoi voudrais-tu qu'il soit amoureux de moi ? On n'a rien en commun, Elias et moi ! Que veux-tu qu'il me trouve ? Je ne suis pas peintre, moi ! Mon art, je l'exerce sur la tignasse de madame Coquillard, ou de qui tu veux, mais ça s'arrête là ! Non, à mon avis, la réalité est beaucoup plus simple : Elias vient de s'installer dans une région où il ne connaît personne et il se trouve que, tous autant que nous sommes, on lui est sympathiques, et c'est réciproque, bien sûr ; alors il aime bien passer du temps avec nous, en attendant de se faire de nouveaux amis, voilà tout ! Et quand tu seras remise sur pattes, j'espère qu'on continuera à le voir régulièrement, même si ce n'est plus notre nounou barbue !

Je trouvai mes explications particulièrement convaincantes, au point d'y croire moi-même. Ce n'était cependant pas l'avis de la tante, qui repartit aussitôt à la charge.

— Tu crois ? Pourtant, quand je vous observe – car oui, tante Lulu vous observe, qu'est-ce que vous croyez, je n'ai peut-être plus de jambes mais il me reste encore mes yeux ! –, j'ai l'impression qu'il se passe quelque chose entre vous, que vous êtes… en connexion, comme on dit aujourd'hui.

Ça commençait à bien faire ! La conversation n'avait que trop duré, et je décidai de l'abréger en répondant d'un air détaché :

— Ce que tu vois, c'est juste deux personnes qui s'apprécient, qui discutent ensemble, rien de plus. Ce n'est pas parce que c'est un homme, et que, moi, je suis une femme que, tout de suite, il faut embrayer sur le sentimental, tu sais. Ce n'est pas automatique, ces choses-là. Et, de toute façon, nous ne sommes prêts ni l'un ni l'autre.

J'avais poursuivi ma tirade sans transition sur les deux anoraks que je devais très vite acheter aux loulous, pour cause de changement de taille inopiné en cours de saison. Ma tentative de diversion avait fonctionné : Lulu était tombée dans le panneau en enchaînant sur le prix des vêtements de nos jours, et les enfants qui grandissent toujours trop vite.

Pourtant, ses paroles continuaient de résonner en moi. À moi aussi, cette idée m'avait à plusieurs reprises traversé l'esprit : et si…

Et s'il existait quelque chose entre Elias et moi, quelque chose de plus qu'une simple amitié naissante ? À chaque fois, j'avais repoussé cette possibilité, avec les mêmes arguments présentés à ma tante. En gros, c'était bien joli de rêvasser, mais il fallait très vite remettre les pieds sur terre si je ne voulais pas tomber de haut. Elias et moi, nous ne faisions pas partie du même monde, et imaginer qu'un jour nos deux univers puissent se rapprocher relevait de la bêtise.

Cependant, le fait qu'un observateur extérieur ait ressenti les mêmes choses que moi avait suffi pour ranimer mon débat intérieur.

Et si…

Une nouvelle fois, je réussis à me convaincre que, décidément, non, tout cela relevait d'une imagination trop fertile, celle d'une jeune femme frustrée en mal de sentiments échevelés, de déclarations au clair de lune et de serments d'amour éternel. Ces fariboles n'existaient nulle part, sinon dans les ouvrages de romance que dévorent les midinettes en attendant de se coltiner la vraie vie.

De toute évidence, je n'étais plus une jeune fille depuis longtemps, et pour ce qui était de la vie, merci : je connaissais.

12

Un mercredi du mois de décembre, Elias était arrivé avec un chevalet de table et une boîte de pastels qu'il avait offerts à Lucas, pour l'encourager dans sa vocation de dessinateur en herbe. Le gamin avait passé une partie de l'après-midi à essayer de dessiner sa sœur, hélas bien trop remuante pour être fixée sur une quelconque feuille de papier. De guerre lasse, il avait fini par jeter son dévolu sur tante Lulu, qui s'était avérée un sujet nettement plus coopératif.

À mon retour du salon, à peine avais-je passé le pas de la porte que Lucas m'avait sauté dessus : moi aussi, j'aurais droit à ma séance de pose.

— Assieds-toi sur la chaise, maman, pose ton coude sur la table et regarde-moi. Et ne bouge pas, sinon ça va être raté !

— Oui, enfin, ta maman n'est pas obligée de rester complètement immobile, elle peut tout de même remuer les pieds ou les doigts, précisa Elias, pince-sans-rire.

— Tu es vraiment trop bon avec moi !

Cela dit, après avoir passé l'essentiel de ma journée debout à m'agiter dans tous les sens, je me prêtai de bonne grâce aux injonctions de mon artiste de fils.

Pendant que Lucas tirait la langue pour saisir toute la richesse de mon expression (surtout les poches sous les yeux), Elias se tenait derrière lui, attentif à ses gestes, lui prenant parfois la main pour le corriger dans son tracé. Ses yeux passaient du chevalet à mon visage, sans relâche. J'avais tout de même l'impression que les stations étaient plus longues sur le modèle que sur sa représentation, si bien que je sentis peu à peu le sang me monter au visage. C'était bien la première fois de ma vie qu'un homme me dévisageait avec tant d'insistance, et j'avais du mal à croire que cette observation, sous des abords froids et professionnels, ne dissimulait pas un certain intérêt teinté d'affection. À moins que mon imagination ne me jouât des tours. Comment savoir ? Avec le « mystérieux Elias », on ne pouvait être sûr de rien.

— Il va falloir que tu ajoutes un peu de carmin sur les joues de ta maman, pour être tout à fait fidèle à la réalité, conseilla Elias, que ce phénomène semblait beaucoup amuser.

Lucas, en élève attentif et respectueux, s'empara aussitôt de la craie de pastel rouge et, avec beaucoup de zèle, entreprit de me donner un teint de tomate trop mûre.

— Là, tu y vas un peu fort ! s'exclama Elias, il faut travailler tout en douceur. Avec les pastels gras, c'est très difficile de corriger.

— Bon, je peux voir le résultat ? C'est quand même ma tête, j'ai le droit de savoir, m'impatientai-je, vaguement inquiète de ce qui m'attendait.

— Encore un tout petit peu, protesta Lucas.

— Oui, précisa Elias, c'est mieux de patienter encore un moment. Pour l'instant, tu es chauve…

Cinq minutes plus tard, je décrétai que la séance venait de prendre fin sans contestation possible pour laisser place à l'heure du bain de l'artiste et de sa sœur. Je pouvais enfin passer derrière le chevalet afin de prendre connaissance du traitement qui m'avait été réservé.

— Alors, tu en penses quoi ? demanda Elias en caressant sa barbe.

— Ah ! Mais c'est super ! m'exclamai-je avec un enthousiasme qui emplit Lucas de fierté.

— Je crois que le plus réussi, c'est tes yeux, lança-t-il fièrement en se dirigeant vers la salle de bains.

— Ah oui ! Les yeux ! C'est tout à fait ça !

Une fois seuls, je demandai à Elias :

— Ça fait un peu peur, non ?

— Pourquoi ? Non, il y a une vraie vigueur dans le trait. Pour un enfant de 7 ans, c'est assez rare. Les tons sont bien choisis, avec une alternance assez harmonieuse entre les complémentaires, glosa Elias, qui retrouvait naturellement ses intonations de professeur d'arts plastiques dès qu'il s'agissait de peinture.

— J'ai comme l'impression que tu essaies de m'embrouiller, avec tes termes techniques. Franchement, c'est pas moi, ça ! Si ? Ces yeux qui ne sont pas à la même hauteur… ? Ce pif, mon Dieu ! Sans parler des cheveux… Pour une coiffeuse, ça la fout vraiment mal !

— Ce n'est pas la ressemblance qui est importante.

— Tu en as de bonnes ! Un peu quand même…

— En fait, c'est toi sans être toi, c'est sa vision à lui, et je la trouve très intéressante.

— Il me voit comme ça, vraiment ? C'est inquiétant, tout de même. Tu penses qu'il essaie de me passer un message ? Ou d'accomplir une sorte de vengeance ?

— Pas du tout ! Il te voit comme ça du haut de ses 7 ans. Sa perception évoluera avec l'âge et la technique. Mais, pour te rassurer, ajouta-t-il en riant, si je devais te dessiner, ça ne ressemblerait pas à ça.

La simple idée qu'Elias puisse réaliser mon portrait me transporta littéralement. À quoi pourrais-je bien ressembler, une fois passée au travers des filtres de sa vision ? J'avais très envie de connaître l'image qu'il avait de moi. Aurais-je l'air d'une de ces femmes impudiques que j'avais vues sur Internet ? Enfin, pour ce qui était du visage, car je n'imaginais pas une seule seconde poser nue devant lui !

— C'est une bonne idée, ça ! Pourquoi tu ne t'y mets pas ?

— Oui, pourquoi pas ! Je le ferai, promis… mais pour le moment, je travaille sur une très grande toile, et ça me prend toute mon énergie… il faut que je reste concentré dessus, tu comprends ?

— Tu veux dire que tu ne peux pas courir deux lièvres à la fois, en gros ?

— C'est exactement ça.

Aucune ironie dans sa voix, il était très sérieux. J'essayai de transposer cette histoire d'énergie à mon boulot de coiffeuse, et, franchement, c'était une chance que je ne rencontre pas ce type de problème lorsqu'il fallait retirer les bigoudis du crâne de madame Verteuil juste avant de plonger mes mains dans la tignasse anarchique et revêche de madame Coquillard !

— Et même un petit dessin vite fait, sur un coin de table ?

— Ça serait tout de même dommage. Je n'ai pas envie de te bâcler.

— Remarque, moi non plus... Eh bien, j'attendrai que tu aies fini ta grande toile. C'est prévu pour quand ?

— Difficile de donner une date précise... Tu seras la première informée lorsque ce sera terminé... mais il faudra être patiente.

Je hochai la tête d'un air que j'espérais convaincu. Seulement, je n'avais jamais été très douée pour dissimuler mes émotions, et, là, c'était comme si j'avais un post-it « déception » collé sur le front. Évidemment, il s'en rendit compte sur l'instant.

— Avec cette tête-là, on dirait Pilou quand je refuse de lui donner un deuxième gâteau !

Je voyais très précisément ce qu'il voulait dire, et nous nous mîmes à rire tous les deux. Puis il enchaîna sur un ton soudain grave :

— Il faut que je te dise une chose : le fait que, vous tous, vous soyez entrés dans ma vie, et que, moi, je sois entré dans la vôtre, ça m'aide à voir les choses différemment, et je voulais te remercier pour ça.

C'était très étonnant de la part d'Elias de se lancer de lui-même dans ce qui ressemblait beaucoup à une confidence. Mieux : une sorte d'aveu.

— C'est gentil, mais tu n'as pas à me remercier. Tu avais besoin de voir les choses différemment ?

— Oui, c'est d'ailleurs la raison qui m'a poussé à venir m'installer ici, en Dordogne. Mais je sais maintenant que le changement d'air à lui tout seul n'aurait pas été suffisant. Ma vraie chance, c'est de vous avoir rencontrés, toi et ta petite famille… Et que vous m'ayez accepté, parce que j'imagine bien que choisir une « nounou barbue » pour ses enfants n'est pas un choix qui va de soi.

Pour la première fois, Elias exprimait ce qu'il avait sur le cœur, et j'en étais tout émue. Je me gardai bien de lui dire que, en fait de choix, c'était lui ou une créature gothique. Finalement, l'arrivée d'Elias dans ma vie était probablement la meilleure chose qui me soit arrivée à moi aussi depuis longtemps, très longtemps.

— Tu sais, Elias, moi aussi, je te remercie d'avoir sonné à ma porte ce soir de septembre. Alors, bien sûr, tu m'as enlevé une belle épine du pied. Mais tu m'as… enfin, tu nous as tellement apporté depuis que tu es là…

Je ne savais pas quoi dire de plus sans me vautrer dans un sentimentalisme que rien ne justifiait au premier abord. Je connaissais un peu Elias à présent, toujours dans la mesure et le contrôle. Il venait d'aller un peu plus loin que d'habitude, il s'était mis à nu l'espace d'un instant, et c'était un beau progrès. Pour autant, il était hors de question de laisser libre cours à mon tempérament qui m'aurait dicté, en temps normal, de lui sauter au cou en criant : « C'est super ! »

En vérité, pour ne pas l'effrayer, j'avais pris l'habitude de calquer ma conduite sur lui, comme un caméléon. J'avais l'impression d'être devenue un Elias bis au féminin ! De la tenue, de la pondération, et quelques blagounettes de temps à autre !

Nous nous tenions là, tous les deux, silencieux, plantés à côté du chevalet de table, et pendant quelques instants, nos regards ne se quittèrent pas. Il s'apprêtait à rompre le silence lorsque tante Lulu fit irruption dans la pièce sur son fauteuil roulant, mettant un terme définitif à notre curieuse entrevue.

— Désolée d'interrompre la conversation, les enfants, mais il serait temps de penser à manger un bout !

— Il reste de la quiche, et il y a une salade au frigidaire, répondit aussitôt Elias, comme s'il était soulagé de reprendre le cours d'une conversation anodine.

— Vous vous racontiez quoi, tous les deux ? s'autorisa tante Lulu d'un air inquisiteur pas vraiment destiné à être pris au sérieux, mais qui lui permettait de se renseigner l'air de rien.

— On parlait du portrait que Lucas a fait de moi.

Elle nous rejoignit aussitôt devant le chevalet, et après avoir regardé la chose moins d'une seconde, s'exclama :

— Mon Dieu ! Mais comme c'est joliment fait ! Ah ! Il t'a nettement mieux réussie que moi ! Mon petit-neveu est vraiment doué, n'est-ce pas, Elias ?

— Enfin, il a encore des progrès à faire, coupai-je, tu as vu les yeux ? Et le nez ?

— Où est le problème ? Tu as toujours eu un œil plus haut que l'autre. Quant à ton nez…

— Quoi ? Mais n'importe quoi ! Enfin, Elias, j'ai vraiment un gros nez comme ça ?

— Je crois qu'elle te fait marcher…

— Eh bien, ce n'est pas drôle, je n'ai pas envie de plaisanter sur mon physique.

— Pourquoi cela ? dit Elias en haussant les sourcils, tu es très jolie, Cathy.

Je sentis, pour la seconde fois en moins d'une demi-heure, le sang affluer dans mes joues à grande vitesse.

— C'est vrai ?

— Bien sûr que tu es très jolie. Tu en doutais ?

« Tu es très jolie »… Cette petite phrase que les hommes balancent d'un ton enjôleur dans une tentative de séduction à moindres frais, Elias l'avait prononcée avec le plus grand sérieux, comme une évidence qui ne méritait pas discussion. Sa sincérité, dépourvue de toute volonté de flatterie, me bouleversait, et je ne sus pas quoi répondre. Mutisme que je regrettai quelques minutes plus tard, après avoir repris mes esprits : je venais de rater l'occasion de lui glisser au passage, l'air de ne pas y toucher, que, moi aussi, je le trouvais très joli… enfin, très beau.

13

Le lundi suivant, après avoir accompagné Lucas à l'école, une corvée m'attendait : je devais retourner au centre commercial de Bergniac pour acheter des chaussettes à mon fils, dont le stock existant était perclus de trous. Mis au courant la veille de mon grand projet, Elias s'était, une fois de plus, proposé de m'accompagner : ce genre de périple passait mieux à deux, avait-il argumenté.

— Tu ne veux pas plutôt profiter de ton lundi pour te reposer ou pour peindre ?

— J'ai toute la nuit pour ça ! Non, je t'assure, j'adore flâner au centre commercial avec vous. Du moment qu'on ne met pas les pieds au McDo…

— Dans ce cas…, avais-je conclu avec un large sourire.

J'étais évidemment ravie. Déjà, parce qu'on ne serait pas trop de deux pour contenir Pilou. Puis je savais que, lorsque Elias était présent, l'événement le plus ordinaire du quotidien revêtait aux yeux de ma petite famille une tout autre dimension. Tante Lulu avait, néanmoins, sagement décliné l'offre de se joindre à l'expédition. Après avoir une fois tenté l'expérience, elle préférait désormais rester tranquille, bien au chaud, à regarder son feuilleton plutôt que d'arpenter les allées de la grande surface dans son fauteuil. Ce qui ne l'empêcha pas, bien sûr, de s'apitoyer une nouvelle fois sur la vie de ce pauvre Elias, assez vide pour tenter de la remplir avec une occupation aussi peu excitante que d'aller acheter des chaussettes au supermarché.

— À moins que, à moins que…

— Eh oui, tante Lulu, à moins que, comme tu dis… Franchement, tu n'en as pas assez de répéter les mêmes choses ? assénai-je d'un ton apparemment détaché.

Désormais, je ne cherchais plus à m'opposer aux insinuations de Lulu, me contentant de les balayer mollement d'un revers de main. À quoi bon discuter alors que, dans ma tête, les choses s'avéraient bien confuses : bien sûr, j'étais attirée par cet homme, inutile de le nier. Cette attirance était-elle réciproque ? Parfois, j'en étais presque convaincue ; à d'autres moments, cette éventualité me paraissait totalement saugrenue. Aussi, sans réelle certitude, j'en étais réduite à espérer que les choses enfin évoluent et se dévoilent. En tout cas, je ne me sentais pas assez confiante pour faire le premier pas. Pour le moment, je me contentais de profiter de la présence d'Elias à mes côtés, une présence chaleureuse et réconfortante qui m'aidait tout simplement à vivre. Ce n'était déjà pas si mal.

— Si tu me laissais finir ma phrase, reprit la tante contrariée, tu verrais que tu n'y es pas du tout. Je voulais simplement dire : à moins qu'il n'ait quelque chose à cacher… C'est vrai, tu ne trouves pas ça bizarre, toi, un peintre parisien soi-disant connu, qui ne reçoit aucune visite, qui vit seul dans sa maison ?

— Il n'est pas si connu que ça. Et puis, d'abord, qu'est-ce que tu en sais ?

— Je le sais, c'est tout. C'est quand même étrange qu'il passe ses journées, ses soirées, ses week-ends avec nous ! Je ne veux pas jouer les oiseaux de mauvais augure, mais, tout de même, il y a quelque chose de louche là-dessous. Tu connais le dicton : « Trop gentil pour être honnête. »

Je savais la tendance de tante Lulu à se raconter des films – noirs de préférence – mais celle-ci ne cesserait jamais de m'étonner. Même si elle avait vu juste au sujet de l'autre traître de Denis, je me rappelais toutes les sornettes qu'elle m'avait débitées à son sujet au début de notre idylle. Alors, autant prendre les choses avec philosophie, et éviter de la contredire : ça ne servirait à rien de se lancer dans des palabres sans fin. De toute façon, je n'avais plus le temps pour cela : Elias avait frappé à la porte. Il était temps d'y aller.

Arrivés au supermarché, comme d'habitude, nous installâmes Pilou dans le chariot. Juchée sur son siège, elle arpentait crânement les allées, telle la reine d'Angleterre au milieu de ses sujets.

Machinalement, j'observais les gens qui croisaient notre équipée : quelle était la première pensée qui les traversait ? « Quelle mignonne petite famille » probablement ! Nous en donnions en tout cas tous les signes extérieurs. Je partageai cette réflexion avec Elias, qui s'en amusa.

— Il y a quand même une chose qui nous différencie du couple lambda avec enfant en bas âge qui fait ses courses dans un supermarché.

— Ah bon ? Laquelle ?

— Eh bien, on ne s'engueule pas, on a l'air plutôt détendus... c'est un peu suspect, quand même !

— Tu ne crois pas que tu exagères un peu ? déclarai-je en riant. Tous les couples ne passent pas leur temps à se crier dessus. Regarde autour de nous, c'est très calme.

— Normal, il n'y a que des personnes âgées qui sont ensemble depuis plus de quarante ans. Ces couples connaissent par cœur leurs petites manies, leurs goûts, leurs dégoûts : l'heure des chamailleries autour d'une marque de yaourt ou de biscottes est passée depuis longtemps. Ils ont enfin atteint le parfait degré de zénitude !

C'était finement observé. En ce début de matinée, le magasin était surtout fréquenté par des retraités un peu éteints, qui poussaient leur chariot à petits pas et chuchotaient entre eux. Parfois s'élevaient à un carrefour les éclats d'une conversation où l'on discutait avec passion de tout et de rien, avec toutefois une préférence marquée pour le bulletin météo du jour, qui accaparait beaucoup les esprits du coin. À part ces quelques noyaux d'agitation toute relative, il régnait sur l'ensemble du magasin un calme qui contrastait férocement avec l'ambiance survoltée d'un samedi après-midi. Quoi qu'il en soit, j'étais contente que ma remarque, émise spontanément, n'ait pas provoqué de réaction amusée du genre : « Quelle imagination tu as ! » Bien au contraire, Elias l'avait accueillie avec bienveillance : l'idée, visiblement, ne le choquait pas outre mesure.

Une fois le chariot garni de chaussettes taille 34, et de quelques autres babioles et le passage en caisse acquitté, Pilou qui, jusqu'ici, avait su se montrer exemplaire, s'était mis en tête de réclamer un « gâteau chocolat » de toute la puissance de ses petites cordes vocales. L'origine de cette revendication tapageuse était facile à localiser : elle venait tout simplement d'apercevoir une des multiples pancartes disposées un peu partout dans la galerie, arborant des reproductions grand format des nombreuses cochonneries proposées au McDo récemment inauguré.

— Elles n'étaient pas là samedi dernier, ces pancartes ? demanda Elias.

— Non, sinon je pense qu'on l'aurait su tout de suite, répondis-je en désignant discrètement Pilou de mon index.

— Qu'est-ce qu'on fait ?

— Eh bien, est-ce qu'on a vraiment le choix ? On va aller l'acheter, ce fichu gâteau… à condition que mademoiselle Pilou se calme immédiatement !

La demoiselle en question reçut 5 sur 5 le message et ferma aussitôt son clapet.

Elias me proposa d'aller ranger les courses dans la voiture pendant que j'irais commander le gâteau tant convoité.

— Cathy, tu sais que je refuse de mettre les pieds dans cet endroit. Je vous attends à la voiture.

À cette heure, le fast-food était quasiment désert, en dehors de deux, trois lycéens installés dans un coin, un casque audio vissé sur les oreilles. Je m'assis à une table le long de la baie vitrée donnant sur le parking. Pilou, juchée dans la chaise haute gracieusement mise à disposition par la direction, s'empara fébrilement du brownie et essaya de l'enfourner intégralement dans sa bouche.

— Mais enfin ! Tu vois bien que ça ne va pas être possible. Donne-le-moi, je vais t'en couper des petits bouts… Tiens, regarde là-bas, Elias est en train de mettre les courses dans le coffre ! Tu le vois ? Coucou, Elias !

Je frappai sur la vitre, mais il était trop loin pour m'entendre. Occupé à trouver le meilleur emplacement pour chaque chose afin que les courses rentrent sans déborder de partout, il n'avait pas remarqué le type, probablement un SDF, qui se tenait à moins d'un mètre derrière lui, la tête penchée en avant. Lorsqu'il finit par lui toucher l'épaule, Elias se retourna. L'homme, qui devait avoir l'habitude de taper les clients du centre de quelques euros ou d'une canette de bière, engagea alors la conversation. Toutefois, l'échange se prolongeait au-delà des limites habituelles. C'était désormais une véritable discussion. L'homme ne montrait aucun signe d'agressivité, et, pourtant, j'eus peur pour Elias. On ne sait jamais ce qu'il peut arriver : un refus, une parole mal interprétée, et la situation pouvait vite dégénérer, surtout si le gars était alcoolisé, avait un couteau dans la poche, comme dans ce fait divers que j'avais lu récemment dans *Sud-Ouest*.

Je réalisai que je m'étais un peu enflammée lorsque j'aperçus peu après le type s'éloigner d'un pas tranquille. Elias avait sorti quelque chose de sa poche de jean qui, de loin, ressemblait à un bout de papier, et l'avait donné au SDF avant de lui serrer la main.

— Tu lui as donné le ticket de caisse ? lui demandai-je en riant, lorsque nous le rejoignîmes.

Elias m'adressa un regard des plus sérieux :

— Je lui ai bien proposé, mais il était plus intéressé par un billet…

— Wow ! Tu es généreux ! Un billet de 10 ? Un billet de 20 ?

Pour la première fois depuis que je le connaissais, Elias eut l'air contrarié.

— 20 euros. Ce gars a besoin de manger, je peux l'aider, alors je le fais.

— Si tu veux mon avis, il a surtout besoin de boire un petit coup, tu ne crois pas ?

Il ne me répondit pas, et porta son attention sur Pilou qui, après avoir mangé quelques morceaux de son muffin, s'ingéniait à présent à le réduire en miettes.

Elias resta silencieux sur le chemin du retour, et, tout en conduisant, je me demandai ce qui avait bien pu le froisser dans mes paroles. Après tout, blaguer sur sa générosité, ou sur les SDF qui préfèrent picoler que manger, n'avait rien de bien méchant de mon point de vue.

En vidant le coffre des sacs de courses, je ne pus m'empêcher de lui poser la question. Ce n'était pas mon genre de laisser installer un malaise sans rien dire. Il eut l'air étonné :

— Moi, chiffonné ? Il est marrant ce mot. Non, je t'assure, tout va bien.

Pourtant, il l'était : je l'entendais au ton de sa voix. Pourquoi préférait-il mentir plutôt que de reconnaître qu'il n'avait pas goûté ma plaisanterie ? Je n'avais pas d'explication.

Le midi, Elias ne resta pas manger avec nous. Je n'insistai pas. Après tout, c'était son jour de congé, rien ne l'y obligeait. Mais j'étais convaincue que ce départ avait un rapport avec la mésaventure du McDo.

Lorsqu'il fut parti, tante Lulu me demanda si tout s'était bien passé à Bergniac. Elle avait trouvé Elias un peu éteint au retour des courses, distant, pas comme d'habitude, quoi. Je lui racontai l'épisode du SDF sans omettre le moindre détail ; je comptais sur son œil extérieur pour m'apporter un début d'explication.

— J'avoue que je ne comprends pas trop… C'est très bien d'aider les gens dans le besoin, rien à redire là-dessus. Mais, quand même, 20 euros ! S'il est aussi généreux avec tous les clochards qu'il croise, il ne doit pas lui rester grand-chose à la fin du mois, c'est moi qui te le dis !

Pour tante Lulu, un sou était un sou, et il n'était pas question de les jeter par les fenêtres sous prétexte de générosité débordante.

— Ma petite Cathy, tu vas peut-être dire que je radote mais… plus j'y pense, plus j'ai l'impression qu'Elias, malgré toutes ses qualités, a quelque chose de… bizarre.

Je la coupai de suite avant qu'elle n'aille plus loin.

— Tu ne vas pas recommencer avec ça ? Tout à l'heure, je n'ai rien dit, mais là, on frise le doux délire ! Alors, selon toi, quelqu'un de généreux est forcément louche ? Sans compter qu'on en profite drôlement, de sa générosité, depuis que tu t'es cassé les pattes, tu ne trouves pas ?

— Tout de suite, tu piques ta mouche ! Elias est le plus gentil des garçons, je ne reviens pas là-dessus. Il n'empêche qu'il y a des choses qu'on ignore sur lui, des choses pas claires. D'abord, pourquoi est-il venu s'installer à Saint-Niche ? Il y a des milliers de villages en France.

— Il nous l'a expliqué : le coin lui a tapé dans l'œil, tu ne te souviens pas ? Et puis, tante Lulu, tout le monde est encore libre de s'installer là où il veut. Je ne comprends pas pourquoi cette méfiance, tout à coup.

— Tu viens de me dire qu'il avait tout naturellement bavardé avec un SDF sur le parking du supermarché. Très bien, pourquoi pas ? Sauf qu'Elias n'est pas vraiment du genre liant. Où est la logique dans tout ça ?

— Pourquoi veux-tu trouver de la logique partout ? Il préfère peut-être parler à un SDF qu'aux commères du village. Après tout, ça peut se comprendre, et, pour autant, ça n'en fait pas un « être bizarre » ! Au fait, comment tu peux savoir tout ça ? Ça fait des semaines que tu n'as pas mis les pieds au village !

— Tu oublies qu'à Saint-Niche je connais tout le monde, je n'y ai pas habité trente ans pour rien. Tu oublies également que cette maison est équipée d'un téléphone, et que je sais décrocher quand il sonne ! C'est d'ailleurs ce qu'il a fait pas plus tard que tout à l'heure, si tu veux tout savoir.

— Je vois, des ragots de commères…

— Madame Chauvin n'est pas une commère, tu m'excuseras : c'est la veuve du notaire !

— S'il te plaît…

— Laisse-moi en venir au principal. Les gens parlent, au village… à propos d'Elias…

— La belle affaire ! Dès qu'ils aperçoivent une tête inconnue, ils ne peuvent pas s'en empêcher ! Faut dire qu'ils n'ont que ça à faire de leur journée. Si, en plus, la tête en question ne vient pas discuter de la pluie et du beau temps, ils deviennent soupçonneux, à deux doigts d'appeler les gendarmes !

— Ne sois pas sur la défensive, Cathy. Je sais bien que tu aimes beaucoup Elias, mais il y a des choses que tu dois savoir tout de même.

— Très bien, je t'écoute.

— Tu connais peut-être madame Blavieux, qui est une bonne amie de madame Chauvin ?

— Non, répondis-je, excédée en voyant le festival de potins se profiler à l'horizon.

— Mais si, toute menue, les cheveux mauve clair, c'était la femme de l'ancien maire… Bref. Eh bien, madame Blavieux, qui habite juste en face de la pharmacie, a dit à madame Chauvin qu'Elias s'y rendait très souvent… enfin, beaucoup plus fréquemment qu'une personne normale.

— C'est sûrement pour son problème d'allergie… Là encore, en quoi ça nous regarde?

— Mais tu ne comprends pas ? Quelqu'un qui va plusieurs fois par semaine à la pharmacie, ça signifie qu'il a des problèmes, forcément. C'est comme ça que font les drogués pour soutirer des médicaments, ils ont des fausses ordonnances. Ne ris pas ! Je l'ai vu dans un reportage sur M6.

Pour tante Lulu, c'était l'argument massue, la preuve ultime du bien-fondé de son jugement. Après cela, il n'y avait plus grand-chose à ajouter : la messe était dite, le verdict irrévocable. Pour elle et ses amies détectives, Elias n'était ni plus ni moins qu'un dangereux drogué ! Pour dire le sérieux de l'enquête, mesdames Chauvin et Blavieux s'étaient constituées en délégation afin de recueillir quelque preuve irréfutable et définitive auprès de la pharmacienne. Qui, bien entendu, les avait envoyées promener en arguant du secret professionnel. Loin de les décourager, cette fin de non-recevoir les avait au contraire confortées dans leur certitude : Elias avait quelque chose à cacher, et la pharmacienne le couvrait !

Mes oreilles commençaient à saturer de tous ces racontars sans queue ni tête. Je mis fin au débat.

Après la bouderie d'Elias et les délires de tante Lulu, j'avais besoin de me vider un peu la tête.

Et, pour ça, rien de tel qu'une bonne partie de foot avec la plus mauvaise joueuse que la Terre ait portée : ma fille !

14

Dès le lendemain, Elias apparut parfaitement égal à lui-même, détendu et souriant, comme si l'épisode du McDo n'avait jamais eu lieu. En le voyant si serein, je compris que j'avais sur le coup accordé sans doute trop d'importance à un incident sans grand intérêt – qui plus est, dépourvu de signification particulière. Ma bévue avait même eu un avantage : me conforter sur ce qu'était vraiment Elias, une personnalité généreuse, sensible, sous ses abords parfois un peu « déconnectés ». À côté, les délires de tante Lulu – ou plutôt de ses copines de commérage – apparaissaient comme une vaste plaisanterie à mettre sur le compte de l'ennui et du désœuvrement. Si je n'avais pas été aussi occupée, j'aurais bien rendu une petite visite aux deux langues de vipères, histoire de leur mettre les points sur les « i », tout en leur demandant désormais de se mêler de leurs affaires. Est-ce que je les traitais de *junkies*, moi, lorsqu'elles allaient faire le plein de pilules pour leurs jambes lourdes, leur tension artérielle et toutes les maladies dont le poids des années les avait affublées ? Mais je n'avais pas de temps à perdre dans ce genre d'expédition punitive, et, surtout, je ne voulais pas causer de tort à ma tante, qui, de son côté, avait bien compris que ses histoires de drogué avaient envoyé le bouchon un peu loin. Je ne lui en tenais pas rigueur, sachant que tante Lulu était bien incapable de faire du mal à autrui. C'était quelqu'un de gentil et d'attentionné, qui, hélas, ne pouvait résister à la tentation de tendre l'oreille lorsqu'un ragot passait à sa portée. Et, si le ragot la concernait ou concernait son entourage plus ou moins directement, venait alors s'ajouter la peur du qu'en-dira-t-on, cette terreur ancestrale qui semblait habiter les campagnes depuis la nuit des temps et ne l'avait – hélas – pas épargnée. Toujours est-il que, de mon côté, je préférais que les bruits qui courent s'arrêtent à la porte de la maison. Lulu, je crois, l'avait cette fois bien intégré.

Il était temps, car cela allait bientôt faire trois mois que nous habitions tous ensemble sous le même toit. Depuis que le médecin lui avait enlevé ses plâtres, ma tante devait suivre plusieurs séances de rééducation par semaine, dispensées à la maison. Elle s'était avérée une convalescente exemplaire : malgré quelques faiblesses pour monter et descendre les escaliers, elle récupérait comme une jeune fille ! Encore quelques semaines, et elle rejoindrait sa maison perdue au milieu de nulle part, entre un petit bois de chênes et un vaste champ de colza. Je lui avais proposé de rester avec nous à plusieurs reprises : après tout, elle était plutôt bien, entourée de son petit-neveu et sa petite-nièce, il y avait de la vie, de l'animation ! Elle ne disait pas le contraire. Seulement, sa maison, son jardin, son potager lui manquaient. Elle avait demandé au père Adrien, qui habitait une ancienne ferme un peu plus haut, de veiller à ce que les mauvaises herbes ne prennent pas trop leur aise pendant son absence, et d'arroser les plants de tomates et les salades qui subsistaient encore avant l'arrivée de l'hiver. Le vieux ne s'était pas fait prier, et avait pris sa mission très au sérieux, au point qu'une fois par semaine il passait également le plumeau dans l'ensemble de la maison. Tante Lulu l'appelait régulièrement pour prendre des nouvelles. Je les surprenais parfois tous les deux, à rigoler comme des collégiens chacun à un bout du fil. Cet Adrien était un brave homme. Veuf, en bonne santé, il semblait aimer la vie : pourquoi tante Lulu ne se rapprochait pas de lui ? On a toujours plus chaud à deux ! Quand j'évoquais cette possibilité, ma tante levait les bras au ciel en poussant des cris d'orfraie :

— Me remettre avec un homme ! D'abord, j'ai passé l'âge ! Et puis, j'ai eu mon compte avec le Charles !

Charles, c'était son mari, décédé il y a plus de vingt-cinq ans, et la crise cardiaque qui l'avait emporté était probablement ce qui pouvait arriver de mieux à Lulu : coureur de jupons invétéré, fainéant comme pas deux et plutôt porté sur la bouteille, sa disparition n'avait pas ému grand monde, hormis ses camarades de bamboche et quelques créatures aux mœurs légères. Lulu avait bien versé sa larmichette au cimetière, pour la galerie, mais personne n'était dupe, car chacun savait plus ou moins ce qu'elle devait supporter au quotidien. Depuis ce jour, elle vivait seule et tranquille, consacrant jusqu'à il y a peu tout son temps et son énergie à son salon de coiffure.

Je m'inscrivais en somme dans la continuité familiale, à la différence que mon ex-mari n'était pas fainéant, juste volage, et qu'il n'était pas mort, mais envolé ! D'un point de vue sentimental, je partageais pour le moment la même destinée que tante Lulu, mais pas la même résignation ! Et depuis qu'Elias était apparu dans mon champ de vision, une petite voix me disait que je ne devais pas perdre espoir. Avant son arrivée, et même si j'étais convaincue que tous les spécimens mâles n'étaient pas coulés dans le même moule que l'autre idiot de Denis, je commençais à me demander si la providence daignerait un jour déposer un homme digne de ce nom sur mon chemin.

Elias m'avait tout de suite plu : ses yeux bleus, sa gentillesse, la légère pointe d'humour dont il enrobait souvent les choses, les rendant plus acceptables ou moins ternes. Même ses défauts, j'avais appris à les apprécier : son côté secret, cette pudeur qui pouvait le rendre distant parfois. Sans compter que les enfants le vénéraient, et qu'il semblait en retour les adorer tout autant. Je ne pouvais m'empêcher de penser au merveilleux beau-père qu'il ferait en le regardant prodiguer ses leçons de dessins à Lucas, ou participer à un repas de poupée organisé par Pilou.

Mais, pour ce genre d'affaires, la logique et le bon sens imposent d'être deux. Sans attirance réciproque, c'est l'échec assuré. Je n'avais aucune envie de faire du gringue à Elias. Peut-être cela aurait-il fonctionné, mais pour combien de temps ? Un coup d'un soir ou de quelques semaines ? Cela ne m'intéressait pas. Même si je savais désormais qu'il me trouvait « jolie », je n'étais toujours pas persuadée d'exercer une quelconque attraction sur lui. Pour être honnête, je n'étais pas persuadée du contraire non plus. En somme, je n'étais pas très avancée sur les sentiments qu'il entretenait à mon égard ! Parfois, je voulais y croire, au détour d'un regard plus appuyé que d'habitude, d'une tendresse que je pensais déceler dans ses yeux, d'un compliment qui pouvait passer pour une promesse. Ces signes étaient cependant trop isolés et éloignés les uns des autres pour que je puisse discerner si Elias était ou non amoureux de moi. Une chose était sûre : il cachait drôlement bien son jeu. Peu m'importait après tout : pour le moment, il était dans ma vie, et sa compagnie illuminait mon quotidien, à défaut de l'enflammer. Il fallait que j'en profite : ses jours parmi nous étaient désormais comptés. Lorsque tante Lulu aurait définitivement regagné ses pénates, sa présence ne serait plus justifiée.

Encore quelques semaines durant lesquelles, me disais-je en indécrottable optimiste, tout pouvait encore arriver…

Justement, Noël approchait, et j'avais l'intention de mettre les petits plats dans les grands à l'occasion du réveillon, une fête à tout casser, avec sapin jusqu'au plafond, guirlandes clignotantes sur tous les murs, cadeaux pour tout le monde, dinde fourrée aux marrons, déguisements, confettis, serpentins et *Jingle Bells* à fond les gamelles.

Et je comptais bien inviter Elias.

15

Le réveillon tombant un mercredi, j'avais décidé de fermer le salon le mardi : cinq jours de vacances bien mérités, et tant pis pour la recette. Je me rattraperai largement pour le Nouvel An : les deux jours précédant le réveillon, on faisait du non-stop, dix heures d'affilée, les mains plongées dans les tignasses du tout Bergniac et de ses environs. C'est que tout le monde voulait paraître à son avantage pour franchir le cap de la nouvelle année : pas un cheveu blanc, pas une mèche rebelle ne devait gâcher la fête ! Mieux : il n'était pas rare que, pour l'occasion, on se lance dans des excentricités capillaires, genre extension de chignon ou coloration tricolores, censées épater la galerie. Ghislaine était aux anges : pour une fois qu'elle pouvait laisser libre cours à sa fantaisie créatrice – qui plus est, avec la bénédiction des clientes. Tout ça, c'était bon pour le commerce.

En attendant, je me réjouissais de ces quelques jours de repos et de liberté qui débutaient.

Une mauvaise nouvelle était cependant venue ternir mon enthousiasme : Elias ne serait pas présent pour le réveillon. Bien sûr, il était très content de participer aux préparatifs, mais le 24 au soir se ferait sans lui.

— Tu vas faire quoi ? Tu ne connais personne dans la région !

Il avait eu l'air embarrassé par ma remarque, et, après quelques secondes de réflexion, avait lâché :

— Ma sœur sera de passage à Paris le 24, avec son mari et les enfants. Ils viennent essentiellement pour que l'on passe le réveillon ensemble, je ne peux pas rater cette occasion : ça fait tellement longtemps que je ne les ai pas vus.

Il avait ajouté :

— Et puis, Noël, c'est la grande fête de la famille. Vous allez vous retrouver tous ensemble pour passer ce moment, et j'aurai sans doute du mal à trouver ma place au milieu de cette intimité.

— Tu te trompes, tout le monde adorerait que tu sois là, tu sais ?

— C'est gentil ce que tu me dis. Bon, de toute façon la question ne se pose pas. Mais je penserai bien à vous, à Paris. Promis !

Il comptait partir le matin du 24, pour rentrer le 25 dans l'après-midi. J'avais eu beaucoup de mal à cacher ma déception. En fait, j'en aurais presque pleuré : j'étais tellement joyeuse à l'idée qu'il participe à LA fête familiale par excellence. Heureusement, je n'avais encore rien raconté aux enfants, tant je voulais leur faire la surprise.

Quand Lucas me posa la question, je n'eus d'autre choix que de lui avouer la vérité. Il se montra tout aussi déçu que moi, et l'exprima du haut de ses 7 ans d'une façon bien à lui :

— Oh noooooon. Fait chier…

— Dis donc, Lucas !

Il avait fait demi-tour, les bras ballants et la mine éteinte, et s'était enfermé dans sa chambre toute la soirée.

Tante Lulu, elle aussi, était déçue. Cependant, son esprit semblait préoccupé par autre chose. De toute évidence, elle avait un truc sur le bout de la langue qu'elle n'osait pas déballer.

— Vas-y, parle. De quoi tu as peur ?

— Oh, mais je n'ai pas peur ! Qu'est-ce que tu crois ? Tu as oublié l'époque où je te courais après avec mon martinet parce que tu t'étais goinfrée de prunes jusqu'à t'en faire péter la panse ! Tu n'as pas tant changé que ça, tu sais !

— Oui, enfin, tu ne m'as jamais attrapée, avec ton martinet. Bon, alors, parle…

— Tu ne trouves pas ça un peu gros, toi, cette sœur qui revient exprès d'Australie pour fêter Noël à Paris ?

— Je ne vois pas du tout où est le problème. Attends, ne me dis pas que tu es encore en train de me faire le coup du Elias « louche » qui a des choses à cacher ? Je croyais pourtant avoir été très claire là-dessus !

— Faut savoir, ma petite Cathy : soit j'ai le droit de parler, soit je ne l'ai pas. Visiblement, je ne l'ai pas… Bon, tant pis, je le prends quand même ! Car tu ne m'empêcheras pas de penser qu'une sœur qui ne donne jamais de nouvelles, et qui apparaît comme par enchantement, eh bien, c'est pas ordinaire !

— Comment sais-tu qu'elle ne donne jamais de nouvelles ? Elias te fait des confidences, maintenant ? C'est nouveau. Bon, supposons une seconde que tu aies raison… Selon toi, quelle serait l'explication de cette « nouvelle cachotterie » ?

— Eh bien, tu connais mon point de vue sur la question… Tu as vu comment il avait les yeux cernés ces derniers temps et le visage pâle ?

— Très intéressant, mais ça ne t'est pas venu à l'esprit qu'il passait une partie de ses nuits à peindre ? Tu sais quoi ? Reviens me voir quand ta « théorie du complot » tiendra debout. En attendant, on va fabriquer des guirlandes avec les enfants, ça me détendra.

— Ah oui ! Je voulais te dire… J'ai eu Adrien au téléphone pas plus tard que ce matin, et figure-toi que le pauvre va passer Noël tout seul. Si c'est pas malheureux, tout de même, un jour pareil…

Je la voyais arriver, avec ses gros sabots, la tante Lulu, et son petit père Adrien. Néanmoins, elle m'avait bien agacée avec ses élucubrations à propos d'Elias. Alors je décidai de jouer à l'idiote, comme ça, juste pour rigoler un peu.

— Ah oui ! C'est pas marrant de rester tout seul un jour pareil, c'est certain.

— Qu'est-ce qu'il va faire, le pauvre vieux ? S'asseoir devant sa télé comme un malheureux ? Franchement…

— Ah, mais il ne faut pas, il va déprimer.

— C'est bien ce que je lui ai dit !

— Très bien ! Il a sûrement de la famille dans le coin, j'imagine…

— Penses-tu ! Les anciens sont morts, comme tu peux t'en douter, et son unique fils passe les fêtes aux Seychelles, l'ingrat.

— C'est pas de chance. Mais il a bien des amis dans les environs qui vont l'inviter, je ne me fais pas de soucis.

— Même pas. Il était bien intime avec les Nivelle, et depuis longtemps, mais ils se sont fâchés suite à une histoire de poulailler construit par Adrien, pour rendre service, tu vois, et qui se serait soi-disant écroulé sur les poules du père Nivelle.

— Ah oui, les histoires de poulailler, c'est jamais bon ça. Je ne vois plus qu'une solution.

— Ah ! fit Lulu pleine d'espoir.

— Réserver un couvert au restaurant de l'Étang, on y mange très bien, c'est copieux, et, avec un peu de chance, ils ne ferment pas pour le réveillon.

— Ah…, soupira Lulu tristement.

— Et pourquoi, plutôt que de tourner autour du pot, tu ne me dis pas que tu l'as invité ? Ça serait quand même plus simple, non ?

Son visage s'éclaira soudainement :

— Ah d'accord ! En fait, tu me faisais marcher, c'est ça ? Et je suppose que tu te trouves follement drôle, évidemment ! Donc ça ne te dérange pas qu'il se joigne à nous ?

— Bien sûr que non, répondis-je en riant. Il a l'air gentil, cet Adrien, et on dirait que vous vous entendez à merveille. D'ailleurs, tu connais déjà ma position : même si tu ne veux plus entendre parler des hommes, je continue à penser que tous les deux, vous feriez la paire !

— Oui, bon… On ne va pas s'emballer quand même… Allez, je le rappelle tout de suite pour confirmer. Il va être content !

Elle ajouta d'un ton plein d'empathie :

— Je sais bien qu'à tes yeux ça ne compensera pas l'absence d'Elias, mais…

— Ne t'en fais pas pour moi, et va lui téléphoner, à ton Adrien… Ne cours pas trop vite tout de même, tes jambes sont encore faibles !

J'entendis résonner le rire espiègle de Lulu en route vers le combiné. Elle était heureuse. Ça en faisait au moins une.

16

Une fois lancé, Adrien était un sacré plaisantin. Le lancement n'avait d'ailleurs pas pris beaucoup de temps : trois petits verres de pinot avalés coup sur coup durant l'apéritif avaient suffi à déclencher les festivités. C'est qu'il en avait des choses à raconter depuis qu'il avait vu le jour dans la ferme familiale, il y a plus de soixante-dix ans ! Des anecdotes, des potins, des médisances, de toutes les époques et pour tous les goûts, encore que les siens propres le portaient plus spécifiquement sur les grivoiseries, les histoires de fermiers cocufiés par le garçon de ferme, ou les fins de bals qui se terminent les pattes en l'air dans la paille. Tante Lulu était aux anges et riait comme une tordue, tandis que Lucas, tout en grignotant mécaniquement ses gâteaux apéritifs les yeux écarquillés, n'en perdait pas une miette.

— Alors, mon garçon, s'exclama Adrien en lui adressant un clin d'œil, tu en apprends de belles, ce soir, hein ? Mais attends de voir, la soirée ne fait que commencer. Pour le moment, je m'échauffe gentiment !

— Oui, enfin, modula tante Lulu, faudrait voir à pas trop s'échauffer tout de même ! Il n'a que 7 ans.

— Bientôt 8, corrigea Lucas, pointilleux sur le décompte.

— Ah, tu vois ! plaida Adrien, à bientôt 8 ans, on a déjà une solide expérience de la vie, on est même un peu blasé, pas vrai ?

— Oh oui ! Je suis même très blasé pour mon âge, répondit Lucas qui, visiblement, ne comprenait pas le sens du mot.

Pilou, de son côté, se fichait pas mal de toutes ces discussions, obnubilée qu'elle était par la venue prochaine du père Noël.

— C'est quand qu'il arrive ? répétait-elle toutes les cinq minutes en me tirant par la manche.

C'était finalement une excellente chose qu'Adrien réveillonne avec nous : le sourire ravi qu'il affichait en permanence, sa façon de ponctuer ses phrases en levant son verre, et son nez qui rougissait à mesure qu'avançait la soirée… Tout cela était plutôt distrayant. Il avait l'alcool festif, et uniquement pour les grandes occasions. « Rien à voir avec le Charles ! m'avait assuré Lulu. Et, lui, le travail ne lui fait pas peur, c'est un sacré courageux. »

Seulement, je ne pouvais m'empêcher de penser à Elias. Pas tout le temps, bien sûr, mais suffisamment pour me sentir par moments déconnectée de l'instant présent.

Il était passé la veille au soir, à l'improviste. Je ne m'attendais pas du tout à cette visite, et, pendant un instant, j'avais imaginé qu'il venait nous annoncer que l'avion de sa sœur n'avait pas pu décoller d'Australie et qu'il serait avec nous pour le réveillon. Mon espoir fut de courte durée, mais la véritable raison de sa venue m'avait aidée à atténuer ma déception.

— C'est Noël avant l'heure ! s'était-il écrié, en brandissant son sac à dos rempli de cadeaux pour les enfants.

C'est vrai que, avec sa barbe, il pouvait passer pour un père Noël d'un nouveau genre, nettement plus séduisant que le vieux papi habituel, et qui aurait troqué ses rennes pour un vélo.

Son apparition avait d'ailleurs provoqué une certaine confusion dans l'esprit de Pilou : Elias ? père Noël ? Heureusement, son frère qui ne croyait plus au bonhomme rouge depuis au moins deux ans l'avait gentiment remise sur le chemin de la raison :

— Mais tu vois bien que c'est Elias ! Elias est un ami du père Noël, il l'aide à distribuer les cadeaux, des fois.

Pilou n'en était pas revenue, ses deux yeux arrondis s'étaient fixés sur sa nounou barbue, comme si Dieu le Père lui était apparu en personne.

— C'est vrai, avait confirmé Elias, mais il m'a bien fait promettre que les cadeaux ne seraient distribués que demain, et pas avant !

Pilou avait regardé le sac avec convoitise, puis tristesse, lorsque tante Lulu l'avait emporté pour le déposer sur le haut d'une armoire. Son petit visage s'était chiffonné d'un coup, et alors qu'elle s'apprêtait à exprimer son mécontentement d'une façon plus démonstrative et sonore, son frère lui avait pris la main pour l'emmener dans sa chambre, tout en évoquant la perspective d'une partie de cubes endiablée.

J'avais alors remercié Elias pour tous ces cadeaux. C'était gentil de sa part, même s'il était impuissant à m'offrir la seule chose qui m'aurait vraiment fait plaisir : sa présence.

— Tu veux que je t'accompagne à la gare, demain matin ? Ça ne me dérange pas, tu sais.

— C'est gentil, mais j'ai commandé un taxi, il passe me chercher à 7 h 30. Toi, il faut que tu profites à fond de tes quatre jours avec tes loulous. C'est précieux, ces moments-là.

Il avait insisté sur le mot « précieux », le répétant même une seconde fois, comme s'il s'adressait à lui-même.

— Je sais, avais-je répondu.

Oui, je savais bien que le temps passait vite, et qu'il ne reviendrait pas. Ce genre de réflexion avait beau s'apparenter à de la philosophie de comptoir, cela n'en restait pas moins vrai. Où serais-je l'année prochaine à la même période ? Et lui, serait-il encore là, ou retourné à Paris, ou parti pour un ailleurs encore incertain ? Ce type de questions ne m'était pas d'un grand secours, à part me faire du mal en projetant une lumière crue sur précisément ce que je n'avais pas envie de regarder, sur la réalité de ma situation : une femme seule avec ses deux enfants, perdue au milieu de nulle part.

— Tu repasses quand ? lui avais-je alors demandé sur un ton qui avait du mal à dissimuler un certain empressement.

— Je ne sais pas. Jeudi soir, peut-être. Ou le lendemain.

Et il avait ajouté avec un petit sourire empreint d'une déconcertante mélancolie :

— Il va falloir que je récupère un peu.

— Bien sûr… Pas d'abus ! D'autant que, tante Lulu n'a pas tort, tu as un teint de papier mâché, ces derniers jours. Tu n'es pas malade, au moins ?

— Pas que je sache.

Rassurée, j'avais tenté de plaisanter :

— Vu que tu ne bois pas, la récupération ne devrait pas s'avérer trop compliquée.

— Je vais tout de même me coucher très tard. Ça fait tellement longtemps que je n'ai pas vu ma sœur, on a beaucoup de choses à se raconter, avait-il rétorqué, en se grattant nerveusement la barbe.

— Eh bien ! Cache ta joie ! À t'entendre, on a presque l'impression qu'il s'agit d'une corvée !

— Pas du tout, s'était-il empressé de répondre. Mais tu as raison, je manque un peu d'énergie ces derniers temps. Pour tout te dire, je crois que j'aurais préféré être ici le soir de Noël…

En entendant cet aveu, j'avais fait un pas vers lui, approché mes lèvres de son visage. Instinctivement, il avait tendu la joue. J'avais déposé alors une bise de chaque côté de sa barbe épaisse, en essayant de ne pas m'attarder de façon suspecte. C'était la toute première fois que l'on entrait en contact de manière aussi intime, et le petit parfum de chèvrefeuille qui l'accompagnait d'ordinaire s'était fait plus présent l'espace d'un instant. J'avais réalisé soudainement que je lui avais un peu forcé la main et tenté de me justifier :

— Vu qu'on ne se voit pas pour le réveillon… Moi qui pensais que tu t'en fichais un peu de ne pas être là.

— Ne crois pas ça. Tu sais, on m'a souvent fait remarquer que je ne laissais pas entrevoir grand-chose… de ce qui se passe là, à l'intérieur. Si on le dit, c'est qu'il doit y avoir un fond de vérité. Mais il ne faut pas se tromper, ça ne signifie pas que…

— Que tu ne ressens rien, avais-je complété avec un grand sourire de soulagement, comme s'il venait de me fournir la solution d'une équation particulièrement difficile.

— Voilà, c'est exactement ça.

Puis, sentant probablement qu'il s'était un peu trop découvert, il avait aussitôt changé de sujet.

— Et pour le réveillon du Nouvel An, tu as quelque chose de prévu ?

La question m'avait prise au dépourvu. Je n'avais jamais apprécié cette fête : si on célébrait l'arrivée d'une année nouvelle, à mes yeux, c'était surtout l'enterrement d'une année qu'on ne reverrait plus. Puis, traditionnellement, la Saint-Sylvestre se fêtait entre amis. Du temps de l'autre débile de Denis, on avait pris l'habitude de voir des collègues, des clients à lui, « des gens très sympas, tu verras ! » et qui s'avéraient le plus souvent ennuyeux comme la lecture d'un bilan d'entreprise, coincés entre l'étalage de leur chiffre d'affaires et les discussions sur le marché nord-asiatique « très prometteur dans les années qui viennent ». La dernière fois, il avait même eu le culot d'amener sa bimbo. Si j'avais su, je leur aurais collé la tête dans le foie gras avant de les mettre à la porte, ces deux-là !

Cela dit, depuis que j'étais seule, je n'avais pas vraiment eu le temps de me faire de nouveaux amis, alors l'année passée, nous nous étions contentées d'un petit gueuleton avec tante Lulu : nous avions attendu tranquillement que minuit sonne en regardant une bêtise à la télé, histoire de se claquer la traditionnelle bise, tout en nous souhaitant tout le bonheur du monde. La soirée s'était arrêtée là.

— Non, rien de prévu de particulier…

— Eh bien, passons cette soirée ensemble. C'est moi qui préparerai le repas, et cette fois, je mettrai le bocal de sucre sous clé, c'est plus prudent.

— C'est une… très bonne idée, avais-je répondu, surprise et heureuse que cette proposition vienne de lui. Enfin, je parle de la soirée du Nouvel An, bien sûr. Cela dit, enfermer le sucre est aussi une excellente idée.

— Bien… Très bien, dit-il en me dévisageant. Tu sais, j'aurais vraiment voulu être là demain, mais… ce n'est pas possible.

— Je comprends. On se rattrapera pour la nouvelle année.

— Bon… il faut que j'y aille à présent, mon sac ne va pas se préparer tout seul. Je dois dormir aussi, le réveil sonne très tôt demain matin.

— Oui, vas-y, ne perds pas de temps.

Portée par une allégresse incontrôlable, je l'avais embrassé de nouveau, en appuyant plus fort mes baisers.

17

Le jeudi en fin d'après-midi, je téléphonai à Elias pour avoir des nouvelles. Normalement, il devait être de retour, et je voulais savoir si son voyage à Paris s'était bien passé. C'était en réalité un prétexte pour avoir le plaisir d'entendre sa voix quelques instants : ma stratégie ne trompait personne, surtout pas moi.

Son portable sonna dans le vide, puis je tombai sur le répondeur, mais n'osai pas laisser de message. Il l'avait probablement mis sur silencieux pour dormir tranquillement sans être dérangé. N'empêche, j'étais un peu contrariée de ne pouvoir le joindre. Déçue aussi qu'il n'ait pas cherché à prendre contact. Comme si, hors de sa vue, nous n'existions plus.

Comme si JE n'existais plus.

En pleine nuit, alors que je dormais profondément, mon téléphone posé sur la table de nuit se mit à vibrer :

> Désolé, je n'ai pas entendu la sonnerie. Je suis bien rentré. À demain peut-être. Je t'embrasse.

Je savais que c'était parfaitement idiot, mais le « je t'embrasse » à la fin du SMS m'avait envoyé comme un électrochoc. Les yeux grands ouverts cette fois, je relus le message à plusieurs reprises. Il ne contenait rien de bien personnel, hormis sa conclusion. Mais l'effet de ce baiser adressé en plein cœur de la nuit était amplifié par le cadre intime de la chambre à coucher. J'étais couchée dans mon lit, à moitié nue, et c'était comme si Elias avait été là, à mes côtés. Je soufflai un grand coup. Inutile de m'emballer : le même message reçu au milieu de l'après-midi n'aurait pas eu le même impact, j'en étais persuadée. Nous nous étions embrassés, juste avant qu'il parte pour Paris, des baisers amicaux, tendres, mais anodins, pas de quoi s'enflammer, et ceux qu'il m'envoyait ce soir devaient forcément appartenir à la même catégorie. Une petite voix me susurra cependant : réponds-lui, à présent que tu es réveillée. Juste pour voir...

Je réfléchis plusieurs minutes, les yeux fixés sur le clavier lumineux, l'index en suspens. Il fallait choisir les mots justes. Le but n'était pas de lui envoyer un simple accusé de réception, mais je ne voulais pas non plus l'effrayer. J'optai finalement pour :

> CATHY : Tu m'as manqué. Je t'embrasse aussi.

Sans être trop appuyé, le message possédait assez de clarté pour ne pas être interprété de travers : il n'était pas question des enfants ni de l'importance de son aide en tant que nounou. Non, c'est à MOI qu'il avait manqué. Dans le même temps, ce n'était pas une déclaration enfiévrée, juste un constat.

Pour le reste, je faisais confiance à la nuit.

Mon cœur battait plus fort sous ma chemise de nuit lorsque j'appuyai sur la petite flèche du portable. Ça y est, mes quelques mots étaient en route, partis, peut-être même déjà arrivés, faire machine arrière était désormais impossible.

Les minutes qui suivirent me semblèrent une éternité. Je commençai à élaborer des hypothèses : peut-être avait-il éteint son téléphone, peut-être s'était-il rendormi, peut-être n'avait-il pas entendu le bip... Bien que décevantes, toutes ces solutions m'apparaissaient pourtant acceptables, comparées à celle qui habitait à présent mon esprit. J'imaginais Elias, assis sur le bord de son lit, interloqué, cherchant vainement une réponse à mon message, une réponse qui, tout en évitant avec soin de me blesser, me ferait comprendre sans ambiguïté que j'avais de toute évidence emprunté une fausse route, que s'il m'avait manqué, la réciproque ne se vérifiait pas. Qu'il en était désolé, mais que la réalité était la suivante : j'étais une personne sympathique et gentille, avec deux enfants adorables, mais, nous deux, ça n'irait pas plus loin.

Les minutes continuaient de défiler, et je finis par poser ma joue sur le traversin, le portable inerte toujours serré dans ma main droite.

Quelle naïve je faisais ! À présent, l'évidence s'imposait à moi : l'absence de réponse, c'était encore la solution la plus radicale pour me faire comprendre mon erreur. Après tout, pourquoi lui aurais-je manqué ? Il avait passé deux jours avec sa sœur et ses neveux qu'il n'avait pas vus depuis plusieurs années. Et la sympathique « employeuse » que j'étais ne pesait pas bien lourd dans le tableau. Je sentis des larmes couler de mes yeux. Qu'allait-il arriver à présent ? Une gêne s'installerait forcément entre nous, je ne voyais pas comment y échapper. Ni lui ni moi n'oserions aborder le sujet, c'était certain, mais, lorsque je croiserais son regard par inadvertance, j'y lirais probablement quelque chose comme de la pitié… J'en venais presque à souhaiter que tante Lulu en finisse avec ses séances de rééducation, pour que cette torture se termine enfin. Qu'il disparaisse et qu'on n'en parle plus ! Je crus que mon cœur allait bondir hors de ma poitrine lorsque le téléphone vibra dans ma main.

Il avait répondu.

Oui, mais quoi ?

J'ouvris le message avec beaucoup d'appréhension et une pointe d'espoir. Après l'avoir lu, je ne savais plus quoi penser.

> Elias : Ces deux jours ont été très longs.

Comment devais-je interpréter cette phrase ? Avait-elle un rapport avec mon message, ou était-ce une information qu'il me délivrait pour faire diversion ? J'étais déjà en train de me torturer l'esprit lorsque, contre toute attente, le téléphone vibra une nouvelle fois.

> Elias : Tu m'as manqué aussi.

Passé un moment d'incrédulité, ce furent cette fois-ci des larmes de soulagement qui coulèrent sur mes joues. Enfin, il exprimait quelque chose, un sentiment sans ambiguïté, une émotion que nous partagions tous les deux… Même s'il était un peu tôt pour s'emballer : le manque était une sensation aux multiples facettes, qui pouvait être vécue à des degrés très divers. Lui avais-je manqué, un peu ? Beaucoup ? Autant que, moi, il m'avait manqué ? Ce petit écran qui brillait dans la nuit s'avérait bien insuffisant pour communiquer.

Je pianotai sur mon clavier une nouvelle fois :

> CATHY : Tu ne veux pas qu'on parle de tout ça de vive voix demain soir ?

La réponse arriva moins d'une minute plus tard :

> ELIAS : Je ne suis pas encore prêt.

Il n'était pas prêt pour parler devant moi de ce manque qu'il avait ressenti ? Un manque qui dévoilait les sentiments qu'il avait pour moi ? C'était mon interprétation, et j'espérais ne pas me tromper. Je plongeai dans une sorte d'euphorie libératrice : j'avais envie de sortir de mon lit et d'aller crier et virevolter au milieu des champs.

Je lui répondis :

> CATHY : Tu me diras quand tu seras prêt ?

> ELIAS : Je te le promets.

> CATHY : Alors, allons nous coucher, la journée va être dure. Je t'embrasse encore.

> ELIAS : Je t'embrasse. Dors bien.

Il était plus de 2 heures du matin lorsque je m'assoupis, le cœur plein d'espoir mais la tête pétrie de questions.

18

Le lendemain, au salon, je ne racontai rien à Ghislaine de mes aventures nocturnes. De toute façon, elle n'y aurait guère prêté d'attention tant elle était chiffonnée par la tournure aussi inattendue que décevante qu'avait prise le pot post-réveillon du club de lecture. Tout avait pourtant commencé sous les meilleurs auspices : chaque membre avait apporté qui une tarte, qui un pâté fait maison, le tout accompagné bien sûr de plus de bouteilles qu'il n'en fallait pour étancher la soif d'un régiment. La bamboche s'annonçait prometteuse, d'autant que Jean Macé était venu – chose inédite – sans sa femme et qu'il avait tout naturellement pris place à côté de Ghislaine, qui frétillait d'aise à l'idée de tailler le bout de gras sur Montaigne, Chateaubriand ou Victor Hugo entre une goulée de puisseguin-saint-émilion et une bouchée de cake aux olives. La soirée, émaillée de récitations de poésie et de grosses blagues à connotations coquines, battait son plein lorsque la porte de la salle des mariages s'était ouverte d'un coup, laissant apparaître cette vieille chouette de Caroline, ci-devant épouse du pauvre Jean Macé.

— Maman était fatiguée, j'ai préféré rentrer plus tôt, s'était-elle justifiée avant d'enchaîner, fielleuse : on n'a pas l'air de s'ennuyer par ici. J'espère au moins que je ne dérange pas ?

Puis elle avait pointé son regard soupçonneux vers Ghislaine qui, soudain très mal à l'aise, s'était levée d'un bond afin de « mettre un peu d'ordre sur la table », le tout dans un silence pour le moins réfrigérant.

— Cathy, autant te dire qu'avec l'arrivée de cette satanée Caroline, les festivités ont tourné court. C'est bien simple, c'est comme si on nous avait versé un seau d'eau glacé sur le crâne !

Pendant qu'elle déblatérait sur cette empêcheuse de batifoler en rond « qui devait mener la vie dure à ce pauvre Jean qui est si mignon », j'en profitai pour réfléchir aux événements de la nuit passée. Ainsi, Elias semblait affectionner le téléphone, plus précisément les SMS, comme moyen de communication intime. À tout bien réfléchir, cela n'avait rien d'illogique et correspondait même très bien à son caractère. Il était plus à l'aise face à l'écran de son portable que face à moi : il avait le temps de gérer ses émotions, de les distiller à petite dose par le biais de son index tapotant sur les touches. C'était probablement plus confortable pour lui, je voulais bien l'admettre et me prêter au jeu, pour ne pas le brusquer ni l'effrayer. Je me demandais cependant combien de temps serait nécessaire pour qu'il accepte de se confier à moi, les yeux dans les yeux.

En attendant, promis, je resterais sage comme une image.

Le soir en rentrant, j'embrassai Elias comme si de rien n'était, mais, au moment de lui demander – avec un naturel étudié – comment s'était passée la journée, je remarquai ses traits tirés et cette même pâleur qui nimbait déjà son visage lorsqu'il était venu me voir avant le réveillon.

— C'est la soirée du 24 qui a du mal à passer ? Des huîtres pas fraîches ou un foie gras *made in china* mal digéré ? plaisantai-je. Tu es blanc comme une chandelle, dis-moi.

— Tu trouves ? J'ai pourtant été très raisonnable, sourit-il. Mais c'est vrai que j'ai très mal dormi dans le train du retour.

— Et ta sœur, elle était contente de te voir ? Son mari aussi, d'ailleurs. Tu as dû trouver tes neveux changés, j'imagine ?

— Oh oui. C'était vraiment… très bien.

Tu t'attendais à quoi exactement, avec ta batterie de questions, ma pauvre Cathy. Ce n'est pas un aller-retour express Saint-Niche-Paris qui allait transformer Elias en une pie jacassante, un monstre d'éloquence, une Ghislaine bis ! Ne l'effraie pas avec ton interrogatoire et retranche-toi plutôt sur un sujet plus consensuel, comme le déroulement de la journée, par exemple. Il ne se fit pas prier et répondit avec ce mélange d'amabilité et de retenue qu'il prenait lorsqu'il parlait de son travail de « nounou », sa marque de fabrique :

— Ça a été une journée plutôt calme, les enfants ont joué avec les cadeaux du père Noël. J'ai dû un peu élever la voix pour que Lucas lâche sa manette, son nouveau jeu, la légende de… euh…

— *The Legend of Zelda*, cria Lucas du fond de sa chambre, vaguement agacé que les adultes ne retiennent JAMAIS le nom des choses qui l'intéressent.

— Voilà, c'est ça. Et là, il dessine depuis une heure. Quant à Pilou, elle a passé une partie de la matinée à promener sa poupée dans la petite voiture que je lui ai ache… enfin, que le père Noël lui a offerte.

Tout en l'écoutant, je ne pouvais m'empêcher de me demander par quel miracle la « nounou barbue » que j'avais devant moi pouvait être l'auteur des SMS nocturnes.

— Et toi ? Tu as passé une bonne journée ? me demanda-t-il, une fois son compte rendu achevé.

— Oh moi ! La routine, tu sais… répondis-je avec un petit sourire entendu. Ça tient toujours, ce réveillon du Nouvel An ?

— Plus que jamais ! Comme promis, tu ne t'occupes de rien, j'irai faire les courses avec ta tante et Pilou mardi, et le lendemain, quand tu rentreras, tout sera prêt !

— Génial ! J'ai hâte d'y être !

Tante Lulu nous rejoignit dans l'entrée à petits pas rapides, une technique de son invention censée épargner ses chevilles encore fragiles, et qui lui avait valu d'être surnommée « la locomotive » par Lucas.

— Vous parlez du réveillon, ça tombe bien. Figure-toi qu'Adrien…

— La réponse est oui, tante Lulu.

— Mais je n'ai encore rien dit !

— Non, mais je sais ce que tu vas demander… Elias, ça ne te dérange pas si Adrien, un très bon ami de tante Lulu, se joint à nous pour le 31 ? Il faut aimer les blagues cochonnes, mais, sinon, il est très gentil.

— Mais, ma parole, tu veux le faire passer pour un obsédé ! protesta tante Lulu, avant de moduler : il est juste un peu grivois.

— J'ai hâte de connaître votre ami, tante Lulu. D'autant que ça tombe très bien : j'adore les histoires polissonnes, dit Elias en se caressant la barbe d'un air malicieux, ce qui provoqua chez moi un gloussement irrépressible.

Pour le repas, nous finîmes le risotto qu'Elias avait préparé à midi. Au dessert, nous taquinâmes tous les deux Lucas en lui faisant croire qu'il irait se coucher tôt le soir du Nouvel An, pour éviter que ses jeunes oreilles soient une nouvelle fois exposées aux histoires d'Adrien, qui n'étaient décidément pas de son âge. Contrairement à mon fils qui se montra vite incrédule, la tante plongea les deux pieds dans le canular, se plaignant une nouvelle fois de l'image déplorable que l'on voulait accoler de force à ce pauvre Adrien.

— Je crois qu'ils se moquent de nous, tante Lulu, glissa Lucas pour calmer sa grand-tante.

— Eh bien, ça n'a rien de drôle de salir la réputation d'un homme aussi correct et gentil qu'Adrien ! D'ailleurs, je te rappelle, Cathy, que, lors du réveillon, tu n'étais pas la dernière à ricaner de ses blagues.

Tout en essayant de ne pas rire, nous nous étions bien sûr platement excusés d'avoir médit du saint homme, et la tante nous avait pardonné du bout des lèvres. Puis sur les coups de 23 heures, après une soirée que personne n'avait vu passer, Elias se leva de table pour prendre congé.

Je l'observai les bras croisés sur le perron tandis qu'il enfourchait son vélo pour rentrer chez lui, enveloppé dans sa parka kaki, bonnet vissé sur la tête.

— Pas de bisous, ce soir ?

— Mais si, bien sûr ! s'exclama-t-il en descendant aussitôt de sa bicyclette. Désolé, je crois que c'est le froid qui me paralyse les neurones.

— Attention, je pourrais me vexer !

Il sourit tout en m'embrassant, puis remonta sans plus attendre sur son engin.

— Fais attention, j'ai peur qu'il y ait du verglas en bas de la descente.

— Je vais être prudent, ne t'inquiète pas.

Tout en me dévisageant, il marqua un temps, comme s'il s'apprêtait à dire quelque chose d'important. Mais il se contenta de serrer les poignées de son guidon, avant de lâcher :

— Passe une bonne nuit… À demain !

Je le regardai s'éloigner sur le chemin sans comprendre : pourquoi ne m'avait-il pas parlé ? Toutes les conditions étaient réunies : nous étions seuls, sur le perron, la nuit nous enveloppait… Il est vrai que la température ambiante n'incitait pas à se lancer dans de grandes palabres, mais tout de même. C'était encore trop tôt, probablement. Nous ne fonctionnions pas selon les mêmes codes ! Moi, quand j'ai des choses à dire, je les dis, sans attendre. À quoi ça sert de laisser filer le temps ? Je prenais sur moi pour me montrer patiente, même si ce n'était pas vraiment dans ma nature. Mais je ne pourrais pas la forcer bien longtemps, je le sentais.

Heureusement, il y avait la nuit, et mon téléphone.

Observant le même cérémonial que la veille, j'attendis minuit pour me glisser dans mon lit, puis j'empoignai mon portable. Allais-je retrouver le même Elias, celui à qui je manquais, celui qui pensait à moi sans oser le dire autrement qu'en tapotant sur son clavier numérique ? Je réfléchis à une entrée en matière tout en douceur, comme on cherche à amadouer un petit chat craintif pour le prendre dans ses bras. Mais la question de tout à l'heure me trottait trop fort dans la tête pour que je résiste à la poser.

CATHY : Pourquoi tu ne m'as pas parlé sur le perron ?

Une introduction que je jugeai aussitôt un peu rude, mais tant pis, c'était parti. Comme pour me le signifier, le portable resta muet pendant dix minutes, durant lesquelles je le fixai bêtement, hypnotisée. Enfin, l'écran s'alluma, le « bzzzz bzzzz » caractéristique retentit.

> ELIAS : Parce que je ne suis pas encore prêt.

Bon, très bien. Ça m'apprendrait à poser des questions idiotes.

Elias restait cohérent avec lui-même, et j'aurais pu deviner sa réponse si je m'étais montrée moins empressée, juste un peu plus futée. Conclusion : il était inutile à l'avenir que je lui pose mille fois la même question comme une adolescente capricieuse. Une bonne nouvelle cependant : le contact nocturne était rétabli, et je comptais bien en profiter.

> CATHY : Désolée si ça fait un peu ado attardée, mais il faut que je te demande : tu as des sentiments pour moi ?

J'avais choisi mes mots avec précaution. Pas question de lui parler d'attirance, encore moins d'amour. Juste les sentiments, la version douce, celle qui avance à pas feutrés sans tout à fait dire son nom, celle qui peut encore faire demi-tour, se rétracter ou s'envoler au moindre coup de vent. Cependant, comparé à la veille, le ton était monté d'un cran : je passais du manque aux sentiments. Allait-il gravir les échelons avec moi ?

> ELIAS : Oui. Et je suis désolé de ne pas pouvoir les exprimer autrement. La situation est très compliquée pour moi.

La lecture du message avait provoqué en moi une curieuse sensation, un mélange de ravissement et d'inquiétude. Elias avait des sentiments pour moi, peut-être même était-il amoureux, tout comme je pensais l'être. Après tout, c'était une possibilité à envisager désormais ! Mais pourquoi parlait-il de « situation compliquée » ? Qu'est-ce que ce terme signifiait exactement ? J'essayai de deviner ce qui se cachait derrière cette expression troublante.

La première chose qui me vint à l'esprit était qu'Elias, en dépit d'un divorce encore mal digéré, avait refait sa vie, pour se forcer à passer à autre chose. Peut-être avait-il quelqu'un qui l'attendait à Paris ou ailleurs. Peut-être même s'était-il remarié. Il était resté si flou sur les épisodes de sa vie récente que tout restait possible. Les autres éventualités étaient plus hasardeuses : Elias était homosexuel, Elias était affligé d'une malformation qui lui interdisait toute activité sexuelle, Elias était un prêtre… Bref, je n'étais guère plus avancée. Je décidai donc de lui poser la question sans détour.

> CATHY : Situation compliquée ? Quelqu'un dans ta vie ?

La réponse ne tarda pas.

> ELIAS : Je t'expliquerai tout, mais laisse-moi le temps.

Encore cette histoire de temps ! Ça devenait agaçant !

Il fallait que je lutte à présent contre mon naturel qui cherchait à prendre le dessus : ne pas s'emballer, surtout. Je n'allais tout de même pas l'envoyer promener parce qu'il me demandait d'être patiente. Résolue avant tout à ne pas le torturer, j'envoyai ensuite un petit message sur le réveillon du Nouvel An :

> CATHY : Tu viendras en smoking le 31 ? Je suis sûre que le costume te va à merveille !

Elias répondit sur le même ton badin :

> ELIAS : Pourquoi pas ? C'est l'occasion rêvée !

J'étais rassurée. J'allais donc pour le moment me limiter à quelques plaisanteries sans conséquence et me contenter de l'assurance de ses sentiments par SMS. Pour ne pas lui faire peur.

Et c'est précisément ce que je fis.

19

Le lendemain encore, et les autres soirs, nous échangeâmes une longue série de messages qui se terminaient immanquablement par « dors bien, je t'embrasse, je pense à toi ». Ce n'était pas grand-chose, c'était même frustrant, sans parler du caractère un peu étrange de la situation : le soir, quand je rentrais du travail, nous discutions comme si de rien n'était de la journée des enfants, et la nuit, surgissait cette singulière intimité par téléphone interposé, comme si les sentiments d'Elias ne pouvaient s'épanouir qu'à la faveur de l'éloignement et l'obscurité.

Cependant, aussi curieux que cela puisse paraître, j'étais heureuse.

N'était-ce pas le plus important ?

Lorsque je rentrai du salon, le soir du 31, j'eus la surprise de voir Elias m'ouvrir la porte, habillé d'un costume noir agrémenté d'une cravate en velours vert bouteille et d'une rose rouge piquée à la boutonnière qu'il s'empressa de m'offrir.

— Tu as vu comme il est beau, s'écria Lucas qui se tenait juste derrière lui, on dirait qu'il va à un mariage !

Le moins que l'on pouvait dire, c'est que cela changeait du jean trop large et des chemises de bûcheron à carreaux : j'avais tout simplement devant moi un autre homme. Mon regard insistant finit par le faire rougir. Pour une fois que ce n'était pas moi qui piquais mon fard !

— Tu sais, ce n'est pas grand-chose, se justifia-t-il, juste un costume que je mettais pour les vernissages, tout ça n'est pas de première jeunesse.

— Ne fais pas le modeste, ça te va très bien !

Au fond de moi, j'étais folle de joie qu'il ait pris mon SMS au pied de la lettre. Peut-être avait-il senti, derrière la plaisanterie, que cela me ferait plaisir, et je voyais cette initiative comme une attention qui m'était directement destinée.

À l'intérieur, Lulu était déjà en grande discussion avec Adrien qui, pour sa part, n'avait fait aucun effort vestimentaire particulier, tandis que Pilou, assise sur le tapis du salon, animait une mystérieuse conversation entre une poupée aux yeux écarquillés et son doudou à chapeau rouge.

En somme, tout le monde était là, la fête pouvait commencer. Pour ne pas être en reste, j'enfilai une petite robe fourreau noire qui m'allait encore parfaitement après une longue année de purgatoire passée dans la penderie, faute d'événements justifiant sa sortie. Ce soir, c'était différent : le jeu en valait la chandelle. J'avais envie d'être belle, tout simplement. Lorsque je retournai au salon, je constatai avec satisfaction que mon effort n'avait pas été vain : tandis que Lulu s'inquiétait de savoir s'il avait pensé à mettre le sucre en lieu sûr, Elias m'observait du coin de l'œil, bouche bée.

— Vous ne voulez pas me répondre ? La petite chipie a encore fait des siennes, c'est ça ?

— Comment ? Désolé, je n'ai pas entendu, s'exclama Elias comme si on venait de le réveiller brusquement.

Lorsque Lulu m'aperçut, elle s'exclama :

— D'accord, j'ai compris. Vous êtes comme tous les hommes quoi : incapable de faire deux choses à la fois, comme regarder ET écouter, par exemple. Cette robe te va à ravir, ma petite Cathy, et on dirait que je ne suis pas la seule à le penser, n'est-ce pas, Elias ?

— Hein ? Ah oui, tout à fait !

— Je voulais être à la hauteur de l'élégance de notre hôte, dis-je en lui adressant un sourire appuyé, avant d'ajouter, plus terre à terre : bon, on passe à table ! J'ai une faim de loup, pas vous ?

Pour le repas, Elias avait déployé tous ses talents culinaires : crème brûlée de foie gras en amuse-bouche, noix de Saint-Jacques à la crème en entrée, suivies en plat principal d'un chapon accompagné d'une fricassée de cèpes, le tout garanti sans sucre ajouté.

La soirée se déroula dans une ambiance pour le moins débridée, aidée en cela par la tordante complicité qui s'était nouée entre Elias et Adrien, lequel, encouragé, redoubla de verve dans la gauloiserie la plus échevelée. Seul souci : le stock d'histoires du vieil homme n'était pas inépuisable.

— On l'a déjà entendue, celle-là, notait de temps à autre Lucas en fin exégète.

— C'est pas grave ! rétorquait aussitôt Elias. Allez-y, Adrien, dites-nous ce qui est arrivé au père Papinaud, je veux savoir !

J'avais beau protester en riant, rien n'y faisait, et Adrien, l'œil gourmand, reprenait sans plus attendre sa narration. Régulièrement, tante Lulu m'envoyait un coup de coude, l'air de dire : « Alors, il est pas parfait, mon Adrien ? Regarde comme tout le monde est pendu à ses lèvres ! »

Plus tard dans la soirée, alors que les conversations et les rires s'étaient tus pour laisser place au silence de la nuit, j'eus droit à une petite récompense pour me remercier de toute cette patience exemplaire dont j'avais su faire preuve jusqu'à présent.

Pour être tout à fait honnête, je l'avais un peu volée, mais le résultat était là.

Il devait être 3 heures après le début de la nouvelle année, Elias et moi étions les seuls survivants de la fête, après l'abandon par endormissement de tante Lulu, suivie de très près par Adrien, le verre d'eau-de-vie à moitié plein encore à la main. On avait installé un lit d'appoint dans la chambre de ma tante, puis réveillé le petit monde affalé sur le canapé afin qu'ils terminent leur nuit dans un endroit plus adapté.

En réalité, j'attendais ce moment depuis le début de la soirée. Toujours fidèle à la conduite que je m'étais fixée, je n'avais nullement l'intention de forcer le destin avec des questions embarrassantes, bien sûr. Seulement, je n'avais pu m'empêcher d'espérer qu'à la faveur de cette année qui venait de naître, synonyme de nouveau départ et de résolutions téméraires, Elias se lancerait de lui-même.

Les choses apparaissaient cependant bien mal engagées. Tout d'abord, il me proposa de débarrasser la table, et, malgré mon invitation à laisser tout ce bazar pour le lendemain, commença à empiler les assiettes et les restes de plats. Après quoi, il prépara deux expressos qu'il vint déposer sur la table basse du salon, puis s'enfonça dans un fauteuil en lâchant un long soupir de contentement.

— J'ai vraiment passé une excellente soirée.

Assise dans le canapé, je ne répondis pas, me contentant de le dévorer des yeux. Malgré la gêne que cela pouvait lui procurer, je n'avais pas envie de me refréner. Pas ce soir. Contrairement à Elias, toujours sobre comme un chameau (ce qui avait littéralement bluffé Adrien), je n'avais pas lésiné sur le monbazillac qui accompagnait le foie gras. Je n'avais pas lésiné non plus sur le saint-émilion grand cru servi avec le chapon aux cèpes. Tout cela expliquait pourquoi je me fichais pas mal de mes regards provocants. Tout en me servant, à côté du café, un petit cognac hors d'âge apporté par Adrien, je lui demandai :

— J'ai jeté un œil au thermomètre tout à l'heure, il est largement en dessous de zéro. Tu vas te cailler sur ton vélo… Tu ne préfères pas rester dormir ?

— C'est gentil de ta part, je te remercie, mais la route n'est pas si longue. Et, grâce à mon bonnet triple épaisseur et mon écharpe extra-longue, je ne crains pas grand-chose, expliqua-t-il avec un sourire reconnaissant, comme s'il n'avait décelé aucun sous-entendu dans ma question, ou qu'il préférait ne pas le voir.

— Et pour les types bourrés qui rentrent chez eux, et il y en a encore beaucoup à cette heure, tu as prévu quoi ?

— Eh bien, je vais essayer de slalomer entre eux en m'efforçant de ne pas les toucher !

Je compris rapidement qu'il aurait une réponse appropriée à toutes mes objections. Tant pis, juste par provocation, je lançai une dernière perche, aussi épaisse qu'un tronc d'arbre.

— Et si tu venais me border dans mon lit ? Je crois que j'ai un peu trop bu, et je ne suis pas sûre de retrouver le chemin.

Il eut un sourire difficile à identifier : était-il désolé ou ironique ?

— Cathy, la maison n'est pas si grande, tu vas finir par retrouver ta chambre, j'en suis convaincu. En tout cas, c'est une bonne idée d'aller se coucher, on a bien mérité de se reposer un peu.

Quelle barbe, me dis-je en le regardant à la dérobée : ce n'est pas tous les jours que l'alcool me donne une telle audace, pourquoi résiste-t-il autant ?

Une fois devant la porte d'entrée, le cou enveloppé dans son écharpe géante, le bonnet vissé sur la tête, Elias me dit :

— Super soirée, vraiment. Je te remercie de m'avoir…

— De m'avoir invité ? Idiot, c'est toi qui as tout fait !

Était-ce l'alcool qui m'avait donné des ailes, ou le fait de l'avoir traité – très tendrement – d'idiot ? Quoi qu'il en soit, je craquai. D'une main énergique, je tirai son écharpe vers le bas, me hissai sur la pointe des pieds pour être à bonne hauteur, et écrasai mes lèvres sur les siennes. Engoncé dans ses épais vêtements d'hiver, de toute évidence surpris par mon audace, il n'eut pas vraiment le temps de réagir et se laissa faire. Enhardie, je laissai mes lèvres collées, en leur impulsant même une légère rotation, de droite et de gauche, comme pour assurer ma position. Au commencement semblable à une statue de sel, il finit après quelques secondes par m'enserrer dans ses bras, et me rendre mon baiser avec une infinie tendresse. J'eus l'espoir que l'instant s'éternise jusqu'au petit matin, mais Elias recula son visage, sans toutefois relâcher son étreinte, et je vis dans ses yeux une expression que je ne lui connaissais pas encore, et que j'avais du mal à définir, comme si – enfin ! – il avait lâché ses défenses pour se laisser aller. En tout cas, si ce n'était pas du bonheur, c'était forcément quelque chose de la même famille, j'étais sûre de moi.

— C'est ce qu'on appelle un baiser volé…

— Puisque tu ne voulais pas me le donner, je me suis servie.

On resta là tous les deux à se regarder comme si c'était la première fois.

— Tu es sûr de ne pas vouloir rester ?

— Oui… Ne m'en veux pas.

Je ne le retins pas, toujours fidèle à ma ligne de conduite : laisser venir Elias sans le brusquer. C'est vrai que mon « baiser volé » faisait un peu tache dans le tableau, mais tant pis : avec mon coup de force, on avait franchi une étape, tous les deux, et nous ne pourrions désormais plus revenir en arrière.

J'avais hâte de savoir comment notre histoire évoluerait dans les prochains jours.

Car, forcément, elle évoluerait…

20

C'EST le jeudi suivant que tout se précipita.

J'étais encore au salon lorsque tante Lulu m'appela, la voix tremblotante, et je dus lui demander de répéter plusieurs fois son histoire pour parvenir à recoller tous les bouts.

Vers 17 heures, elle avait vu Lucas revenir à la maison, accompagné par deux gendarmes. Elias avait été contrôlé à cinq cents mètres de l'école, au niveau de la place du champ de foire. Ils avaient immobilisé la voiture, puis l'avaient conduit à la gendarmerie. Cet imbécile d'adjudant qui avait sonné à la porte de la maison avait refusé d'en dire plus – secret professionnel. Un silence qui laissait les coudées franches à l'imagination débridée de tante Lulu qui, prise de panique face à l'inconnu, n'avait de cesse de ressortir du placard ses vieilles théories échafaudées avec la complicité de ses copines en commérage. Tout paraissait envisageable pour justifier cette arrestation : Elias, un drogué ? Un criminel ? Un délinquant ? Un désaxé ? Selon elle, aucune hypothèse – même la plus folle – ne pouvait être écartée. Elias était décidément beaucoup trop fuyant, insaisissable, elle n'avait cessé de me le dire, je n'avais pas voulu l'écouter, et maintenant voilà ! De toute façon, ce qu'on savait de lui se limitait aux quelques éléments qu'il avait bien voulu nous donner. S'installer à Saint-Niche soi-disant parce qu'il était tombé amoureux de la région ? Allons donc ! Quoi qu'il en soit, on allait bientôt connaître la vérité, mais tante Lulu n'avait pas besoin d'attendre les gendarmes pour la deviner : Elias fuyait quelque chose ou bien quelqu'un, peut-être même cherchait-il à échapper à la justice. Le flot de paroles de la tante était entrecoupé de regrets : quelle bêtise de lui avoir accordé notre confiance, il fallait toujours se méfier avec les étrangers. Je ne l'avais jamais entendue dans un tel état d'agitation. Tout en essayant de garder mon sang-froid, je lui demandai de se calmer très vite, car j'imaginais l'inquiétude de Lucas et Pilou au spectacle de leur grand-tante surexcitée, les deux mains nerveusement enserrées autour du combiné.

Après avoir raccroché, je laissai à Ghislaine le soin de fermer le salon. Je n'avais aucune envie que miss Potin entende notre conversation, aussi je composai le numéro d'Elias sur le trottoir. Précaution inutile, son portable était éteint et je tombai directement sur la boîte vocale. J'essayai de prendre une voix la plus sereine possible et lui laissai un message où je lui demandais de me rappeler au plus vite. Mais je n'avais aucunement l'intention d'attendre gentiment que mon téléphone sonne, et je me mis aussitôt en route pour la gendarmerie : Elias devait forcément s'y trouver, bêtement assis sur un banc en attendant qu'on veuille bien le laisser repartir. De plus, je voulais obtenir une explication sur cette arrestation de la bouche même des gendarmes, et je ne ressortirais pas de leurs locaux sans décrocher ce que je voulais.

En traversant la forêt de la Double les pleins phares allumés, je retournai la situation dans ma tête.

C'est vrai qu'on savait peu de choses du passé d'Elias, en dehors de ses études aux Beaux-Arts, de son métier de peintre, de sa sœur, de ses neveux (dont nous n'avions jamais vu la moindre photo, je le réalisai maintenant), et quelques autres détails moins importants. Mais, moi, je n'étais pas tante Lulu, j'avais appris à le connaître, j'avais pris le temps de le découvrir, et même s'il n'était pas bavard sur son histoire, je savais au plus profond de moi que c'était une personne de valeur, humaine et belle. Je l'avais entendu dans ses paroles, lu dans ses messages emplis de tendresse, vu dans son regard lorsqu'il m'avait embrassée le soir sur le pas de la porte comme un collégien maladroit, avant d'enfourcher son vélo et de disparaître dans la nuit. Si tel n'avait pas été le cas, comment aurais-je pu m'attacher à lui ? Et s'il n'était pas un homme parfait, j'avais été à bonne école pour faire la différence entre lui et un crétin suffisant comme Denis ! Non, je ne pouvais m'être trompée, je refusais d'y croire. Il s'agissait probablement d'un malentendu et je tâchais de me convaincre qu'Elias ressortirait de la gendarmerie avec des excuses pour cette grossière méprise.

Après une demi-heure de route, j'arrivai à l'accueil de la caserne, une vaste salle humide, haute de plafond, traversée en son milieu par un comptoir en bois d'un autre âge. Juste derrière, flottait, tel un soleil éteint, le haut du crâne rasé du planton de garde. Lorsqu'il leva le nez vers moi, la lampe de bureau allumée à côté modela sur son visage ingrat des ombres inquiétantes. Sans un mot, il envoya un coup de menton dans ma direction, sa façon à lui de me demander ce qui lui valait l'honneur de ma visite.

Je projetai un regard circulaire sur la salle vide, en espérant tout de même qu'ils ne l'avaient pas enfermé dans une cellule.

— Je voudrais savoir si monsieur Elias Rivière se trouve dans vos locaux ?

— Vous êtes de la famille ?

— Non, mais…

— Désolé, je ne suis pas habilité à vous fournir ce type de renseignements.

J'avais accumulé beaucoup de tension durant cette dernière heure, et il n'en fallut pas plus pour que je m'emporte :

— Écoutez ! Je ne vous demande pas grand-chose, je veux juste savoir s'il est là, oui ou non, ce n'est pourtant pas compliqué ! Vous n'avez même pas besoin de parler, faites-moi signe avec votre menton, je comprendrai !

— Je vais vous demander de me parler correctement et de vous calmer, madame, sinon…

— Sinon quoi ? Vous allez me coffrer, moi aussi ? Non, mais je rêve ! Je vous préviens, je ne partirai pas d'ici sans avoir vu monsieur Rivière ! Et, pour commencer, vous allez me dire pourquoi vous l'avez arrêté alors qu'il raccompagnait tranquillement mon fils de l'école ! Pourquoi !

— Je ne peux pas vous fournir ces informations, madame, répéta le planton, en faisant mine de concentrer son attention sur un registre posé entre ses mains.

— Mais, enfin, c'est complètement délirant ! Vous servez à quoi, alors, derrière votre comptoir ? À compter les mouches ?

Ma voix résonnait dans la salle avec fracas, et une porte tout au fond finit par s'ouvrir, laissant apparaître un grand gaillard en uniforme, le visage fermé derrière son épaisse moustache, qui s'approcha du comptoir à pas cadencés.

— Eh bien ! Que se passe-t-il, brigadier ?

— C'est madame qui veut savoir, rapport à l'individu arrêté tout à l'heure.

— Ah ! Vous voyez bien que vous l'avez arrêté ! dis-je, triomphante.

Le nouveau venu, un gradé visiblement, me toisa sévèrement de haut en bas :

— Baissez d'un ton, voulez-vous. Le brigadier n'a jamais prétendu le contraire.

Puis, comme par miracle, ses traits se détendirent et un léger sourire vint même éclairer son faciès.

— Vous ne seriez pas la nièce de Lucienne ?

Surprise, je balbutiai :

— Euh… Oui, mais…

— Je me disais aussi : il y a un air de famille. Elle m'a parlé de vous, figurez-vous. Elle m'a même montré les photos qu'elle a dans son sac à main. Vous êtes installée dans le pavillon à la sortie de Saint-Niche, c'est bien ça ? Suivez-moi dans mon bureau, je vous prie.

Il me conduisit jusqu'à une pièce aux peintures écaillées, équipée d'un bureau en métal gris derrière lequel il prit place.

— Elle m'a connu au berceau, votre tante, vous savez ! Comment va-t-elle ? Je ne l'ai pas croisée depuis que j'ai déménagé du village, il y a deux ans.

Je bouillais intérieurement, mais je pensais plus malin de lui livrer un rapide résumé de la situation de tante Lulu – jambe cassée, hébergement à la maison, etc. – afin de le mettre définitivement dans ma poche, puis j'enchaînai avec le sujet qui me préoccupait.

Il prit une longue inspiration.

— Comme vous l'a dit le brigadier, ce sont des informations que nous ne pouvons pas divulguer. Cela dit, vous êtes la nièce de Lucienne, et je pense qu'à ce titre je peux vous faire confiance. Mais vous me promettez de garder ça pour vous, hein ?

Il se leva, prit une nouvelle inspiration, puis posa le bout de ses doigts sur son bureau.

J'étais suspendue à ses lèvres tout en me demandant à quel moment il comptait en venir aux faits. Le gars aimait s'écouter parler, il fallait en prendre son parti.

Il reprit enfin :

— Une chose, toutefois, que je dois savoir. Quels sont les liens qui vous unissent à l'individu qui conduisait le véhicule où se trouvait votre fils ? Ami, relation ?

— C'est mon… employé. Il s'occupe de mes enfants depuis que ma tante est immobilisée, il prépare les repas, garde ma fille la journée, accompagne mon fils à l'école…

Les sourcils du gendarme se soulevèrent :

— Vous êtes en train de me dire que, depuis l'accident de Lucienne, il s'acquitte chaque jour de ces accompagnements ? Allons, madame, vous n'êtes pas sérieuse ?

Je sentis une goutte de sueur glacée glisser le long de mon échine, redoutant une révélation aussi terrible qu'inattendue.

— Madame, cet individu a écopé d'une suspension de permis pour cinq ans ! Il a encore deux ans à tirer. Comme vous devez vous en douter, il n'a donc absolument pas le droit de conduire, et j'ajouterai que vous avez pris beaucoup de risques en lui confiant la vie de vos enfants.

— Cinq ans… mais c'est énorme ! Qu'est-ce qu'il a fait ?

— Ah ça ! Même si je le savais, je ne pourrais pas vous le dire, la base de données informatique est limitée aux condamnations, sans stipuler les causes. Mais une chose est sûre : il ne s'est pas contenté de brûler un feu rouge ou de franchir une ligne blanche.

— Il est ici ?

— Non, on l'a relâché après avoir rempli le dossier d'infractions. Il va être convoqué au tribunal dans les semaines qui viennent, et il n'est pas près de remettre les mains sur un volant, c'est moi qui vous le dis !

— Et il est où, là ?

— Ça, ce n'est plus mon problème. Tout ce que je peux vous dire, c'est qu'il est reparti il y a déjà une bonne heure, à pied évidemment. Et si j'ai un conseil à vous donner : la prochaine fois que vous demandez à quelqu'un de véhiculer vos enfants, vérifiez qu'il est bien détenteur d'un permis valide.

Un vent glacial vint me fouetter le visage lorsque je sortis sur le perron de la gendarmerie, mais je n'eus même pas le réflexe de remonter le col de mon manteau. Mon cerveau était en état de choc, comme engourdi, et, au milieu de ce brouillard vaporeux, flottait une nuée de questions dépourvues du moindre début de réponse. Une évidence surnageait cependant : en me cachant cette suspension de permis, Elias avait trompé ma confiance, il m'avait menti pendant tout ce temps. Pourquoi ? Quel était son objectif ? Obtenir ce job de nounou ? La belle affaire ! À présent, un doute poisseux infiltrait insidieusement tout ce qui se rapportait à Elias de près ou de loin, tout comme les paroles qu'il avait pu prononcer. Quand on était aussi habile pour tromper son monde, n'était-on pas capable de tout inventer, de tout maquiller ? Les propos de tante Lulu me revenaient, lancinants, comme un mauvais présage qu'on écarte du revers de la main et qui réapparaît sans cesse. Arrivait-il vraiment de Paris, ou d'ailleurs ? Était-il vraiment peintre, ou tout autre chose ? Il n'était désormais plus possible d'avoir la moindre certitude à son sujet. Mais, finalement, tout cela ne représentait pas grand-chose comparé à la principale question qui me taraudait le cœur : mentait-il également sur ses sentiments ?

Je ne voulais pas le croire, cela n'était pas possible : je le savais au fond de moi. Alors ?

Il fallait que j'en aie le cœur net, il fallait que je voie Elias, là, maintenant, et qu'il m'explique. Quitte à ce que cela fasse mal.

21

J'ENTRAI dans la voiture et démarrai le moteur pour profiter du chauffage qui n'avait pas eu le temps de refroidir, puis restai encore quelques minutes sur le parking désert de la gendarmerie. Il fallait que je réfléchisse. L'urgence était de localiser Elias. Une nouvelle tentative me confirma que son portable était toujours éteint. Était-ce volontaire, ou, tout simplement, n'avait-il plus de batterie ? Un peu perdue, je téléphonai à tante Lulu. Après tout, peut-être était-il rentré à pied à la maison, éloignée de six kilomètres. Il avait largement eu le temps de parcourir la distance depuis qu'il était sorti de la gendarmerie.

D'abord, il fallut rassurer tante Lulu qui commençait à s'inquiéter, et lui expliquer mon retard, car je ne l'avais pas informée de mon passage chez les flics.

— Une suspension de permis pour cinq ans ? Quand je te disais que j'avais raison de me méfier !

— Tante Lulu, je ne veux pas être méchante, mais, le premier jour, je t'ai demandé si tu avais vérifié qu'Elias avait bien le permis, tu te souviens ? Alors, s'il te plaît, arrête avec tes « raisons de te méfier »...

— Ah ! Je peux te dire que si j'avais su !

— Le problème, c'est qu'on ne sait jamais à l'avance, ça se passe comme ça dans la vie, sinon ce serait trop facile. Il est rentré ?

— Rentré ? Tu penses bien que non ! Il se sent un peu merdeux, ton Elias, si tu veux mon avis. À ta place, je lui interdirais de mettre de nouveau les pieds dans cette maison. Dieu sait pourquoi on lui a retiré son permis, mais c'est sûrement un danger public ! Ça veut dire que, pendant tout ce temps, il a mis en péril la vie de ton fils, tu te rends compte ? Tout gentil qu'il est, c'est impardonnable !

— Lucas est indemne, à ce que je sache, non ? Tu es souvent montée en voiture avec lui, tu as eu l'impression de frôler la mort ?

— C'est ça, prends la défense de ce chauffard !

Elle avait raison, mais je ne supportais pas de voir Elias considéré comme une sorte de délinquant, un pauvre type à qui on devait tourner le dos une bonne fois pour toutes. Cette image ne lui correspondait pas. Tante Lulu n'arrivait pas à le comprendre, tant pis pour elle.

— Je vais essayer de le trouver, ne m'attends pas pour manger, et si tu ne me vois pas revenir d'ici une heure, couche les enfants, s'il te plaît.

— Pourquoi te donner tant de mal ? De toute façon, sa mission se terminait vendredi, eh bien, elle se termine avec trois jours d'avance, voilà tout.

— Tante Lulu, c'est plus compliqué que ça.

Il y eut un silence au bout du fil. Le ton désespéré de ma voix l'avait interpellée.

— Comment ça, c'est plus compliqué ? Au contraire, je trouve ça très simple, moi. Et je me demande même si tu ne devrais pas porter plainte à la gendarmerie pour mise en danger de la vie de tes enfants ! C'est tout ce qu'il mérite !

— Il y a d'autres choses qui sont en jeu, répliquai-je, la gorge serrée. Entre Elias et moi.

— Qu'est-ce que tu veux dire ? Elias et toi ? J'avais donc bien deviné, malgré tes démentis ! À une époque, je t'avoue que l'idée était plutôt plaisante, mais, aujourd'hui, c'est un peu différent.

— Oui… enfin non, on n'est pas tout à fait ensemble… mais presque…

— Ensemble mais pas tout à fait ? J'avoue que j'ai un peu de mal à suivre.

Il y avait dans sa voix un mélange d'étonnement et de peine.

Elle reprit :

— Je ne sais pas dans quel pétrin tu vas te fourrer ma fille, mais j'espère que tu vas t'en sortir, vite et bien.

— Ne t'en fais pas pour moi.

Après avoir raccroché, je quittai le parking de la gendarmerie pour me diriger vers le centre de Saint-Niche, direction la maison d'Elias. S'il n'était pas chez nous, il ne pouvait être que chez lui.

La place de la mairie était déjà déserte à cette heure. Sous les volets clos des habitations alentour passait parfois un filet de lumière, témoignant d'une présence humaine.

Je n'eus aucun mal à identifier son domicile, une haute bâtisse construite en larges blocs de pierre crayeuse, accolée à d'autres maisons tout aussi imposantes. Ici, les volets étaient grands ouverts, et la lumière des réverbères se reflétait sur le plafond des pièces plongées dans l'obscurité. Elias se trouvait probablement dans la cuisine, qui, généralement, donnait sur l'arrière de la maison. Je frappai à la porte et attendis dans le froid qu'il vienne m'ouvrir. Après une poignée de secondes, n'y tenant plus, je frappai encore, plus fort cette fois-ci, et collai mon oreille sur le bois, à l'affût d'un mouvement, d'un bruit de pas dans l'entrée. Rien.

Ce silence finit par m'inquiéter. Deux hypothèses étaient envisageables : soit il était présent, mais refusait de m'ouvrir, et ce n'était pas bon signe ; soit il n'était pas là et ce n'était guère plus rassurant. Sans plus réfléchir, j'appuyai sur la poignée de la porte qui, contre toute attente, s'ouvrit. Après avoir jeté un coup d'œil circulaire à la place toujours déserte, je pénétrai dans le vestibule et refermai derrière moi. La température glaciale qui régnait à l'intérieur, à peu près identique au-dehors, me saisit aussitôt. Une main posée sur le radiateur froid de l'entrée me confirma mon impression : la maison n'était pas chauffée. Après avoir actionné l'interrupteur, la lumière découvrit sur la gauche un large escalier qui menait à l'étage. Sur ma droite, une porte donnait sur ce qui ressemblait à un salon. Il était cependant difficile de le déterminer avec certitude puisque la pièce était meublée d'une table en formica défraîchie et d'une unique chaise en bois, comme abandonnées toutes les deux à leur triste sort.

C'était donc ici qu'Elias vivait…

De me trouver là, seule dans cette maison, me procurait une sensation étrange. J'avais l'impression de violer l'intimité d'Elias, même si celle-ci se limitait pour le moment à un espace vide et inquiétant. Envahie par un sentiment de culpabilité, je me mis à l'appeler en priant pour qu'il me réponde : s'il était là, mon intrusion m'aurait paru moins grave. Mais aucune voix ne résonna entre ces murs froids. Devais-je rebrousser chemin et sortir de cette habitation dans laquelle je n'avais pas été invitée ?

Pourtant, une pulsion trouble m'encourageait à poursuivre mon exploration. Après tout, Elias pouvait être là, quelque part, endormi ou évanoui… Mais je sentais bien que cet objectif *a priori* respectable me donnait avant tout l'occasion de satisfaire ma curiosité sous couvert d'accomplir une bonne action.

Dans l'enfilade du salon se trouvait, comme je l'avais imaginé, une petite cuisine carrée dont l'unique fenêtre ouvrait sur un jardin plongé dans les ténèbres. Là encore, l'ameublement était réduit à son strict minimum : une cuisinière, un réfrigérateur, tous deux hors d'âge et probablement abandonnés par le précédent occupant, une table en bois au vernis usé. Dans l'évier traînaient quelques couverts, une assiette sale, une tasse de café à moitié remplie. Ce rez-de-chaussée glacial laissait une impression de désolation, comme si personne n'habitait plus ici depuis longtemps. Elias passait de nombreuses soirées en notre compagnie, c'était un fait, mais cela n'expliquait pas un tel laisser-aller dans sa propre demeure.

Je revins sur mes pas pour me retrouver devant l'escalier. Après un moment d'hésitation, je commençai à gravir les marches, lentement, en me tenant à la rampe, afin d'éviter le craquement du bois. Précaution aussi stupide qu'inutile : je n'étais pas une cambrioleuse et je n'avais rien à me reprocher.

Agacée par ma propre attitude, j'appelai Elias sans retenir ma voix. Toujours sans succès.

À l'étage, l'étroit palier donnait sur deux portes, toutes deux fermées. Je frappai à celle de gauche, par précaution, puis finis par l'ouvrir. C'était sa chambre. Toutefois, le terme « cellule » aurait mieux convenu. Un maigre matelas jeté à même le sol sur lequel se trouvait un duvet roulé en boule. Dans un coin, une valise dans laquelle s'étalaient quelques vêtements grossièrement pliés.

On dit souvent que l'intérieur d'une maison reflète l'âme de ses habitants. Si c'était vrai, que pouvais-je en conclure de l'âme d'Elias ? Je chassai aussitôt la question de mon esprit, de peur de découvrir une réponse embarrassante. De l'autre côté du palier, je poussai la porte sans même prendre la peine de toquer. Confrontée à l'obscurité, je cherchai à tâtons l'interrupteur le long du mur. Une ampoule nue éclaboussa les murs de sa lumière crue. Instinctivement, ma main vint se coller sur ma bouche.

Le contraste avec le reste de la maison était saisissant, tant l'espace de cette vaste pièce semblait saturé d'objets de toutes sortes, des livres, des magazines, des châssis de différentes tailles adossés les uns sur les autres le long des cloisons sans logique apparente, des tubes de peinture qui gisaient sur une large planche montée sur tréteau, ou à même le sol, des pots débordant de pinceaux ébouriffés. Après avoir balayé l'espace du regard, mon attention se porta sur un angle situé à droite de la fenêtre. Là se trouvaient, debout ou couchées, une dizaine de bouteilles vides, essentiellement du whisky. J'étais stupéfaite. Jamais je n'avais vu Elias boire une goutte d'alcool, pas même un verre de vin. Quelque chose clochait.

Je ramassai au hasard une bouteille, reniflai à son goulot : il restait quelques gouttes au fond, elle avait donc été vidée récemment. Était-il possible que quelqu'un d'autre habite ici ? Un ami, une connaissance de passage, qui, lui, carburait à la gnôle ? C'était peu probable. Je lançai sur le plancher la bouteille vide, qui roula jusqu'à ses petites copines. Elias buvait. Je n'arrivais pas à réaliser. Lui qui était un modèle de sobriété, de calme, de pondération, je ne pouvais pas l'imaginer titubant au milieu de son foutoir, vidant les flasques à même le goulot. Pour quoi faire ? Trouver l'inspiration ? Arriver à peindre ? Je soulevai les châssis toilés posés dos au mur, pensant que, pudiquement, il dissimulait ses œuvres aux yeux d'un éventuel visiteur. Les toiles étaient sans exception vierges de toute trace de peinture. Du regard, je commençai à chercher autour de moi, sur les murs, sur le sol, un tableau, un dessin, un croquis, n'importe quoi qui aurait pu attester du travail d'Elias. Mais il n'y avait rien. En regardant son matériel de plus près, je m'aperçus que les tubes de peinture, entamés pour la plupart, étaient secs et bons pour la poubelle, les pinceaux inutilisés depuis des lustres. Je réalisai soudain qu'aucune odeur caractéristique ne flottait dans cet atelier factice d'un artiste fantôme. Pourtant, Elias était bien peintre, j'en avais eu la preuve, et ces reproductions qu'il m'avait montrées sur Internet étaient bien signées de son nom. Mais pouvait-on aveuglément accorder sa confiance à ce qu'on trouvait en ligne ? Il fallait me rendre à l'évidence : dans cette maison, Elias n'avait pas réalisé le moindre dessin, et encore moins cette immense peinture sur laquelle, soi-disant, il travaillait depuis des semaines ; en réalité, un alibi pour ne pas dessiner mon portrait. Je me souvenais très bien de ses paroles, ce jour-là : « Je travaille sur une très grande toile, et ça me prend toute mon énergie, il faut que je reste concentré dessus, tu comprends ? »

Oui, je comprenais. Je comprenais qu'une fois de plus Elias m'avait menti. Ce que j'ignorais cependant, et ce que je voulais par-dessus tout savoir, c'était pourquoi.

22

À mon retour, le silence régnait dans la maison. Tante Lulu n'était pas couchée, elle regardait la télé dans la pénombre, le son au minimum, comme si elle veillait un mort. Son visage à peine éclairé par la lueur de l'écran se tourna vers moi.

— Alors ?

— Je ne l'ai pas trouvé.

— Ça ne m'étonne pas. Ma main à couper qu'on ne le reverra plus, de toute façon. Franchement, ne te reproche rien : il avait l'air d'un brave garçon et il s'est très bien occupé des enfants pendant tout ce temps. Et il était bel homme, c'est vrai. madame Chauvin me le disait encore l'autre jour : elle en aurait bien fait son quatre-heures. Enfin, façon de parler, parce qu'avec ses 82 ans il ne lui reste plus beaucoup de dents pour croquer dans quoi que ce soit. Mais, bon, Cathy, reconnais tout de même qu'il y avait quelque chose de pas clair dans cet artiste-peintre qui débarque un beau jour d'on ne sait où, pour faire la nounou dans un trou paumé comme Bergniac.

— Pourquoi parles-tu de lui au passé ? C'est agaçant à la fin.

— Parce que j'ai l'intuition qu'il est parti pour de bon, et que tu ne le reverras plus. Écoute, j'en ai discuté avec madame Blavieux au téléphone pas plus tard que ce soir et…

— Oh non ! Ne me dis pas que tu lui as parlé de cette histoire !

— Et pourquoi pas ? Voilà une femme que je connais depuis trente ans, qui a les pieds sur terre et un jugement très sûr. Rien à voir avec une écervelée, crois-moi !

Je me laissai tomber sur le canapé, attendant la suite avec une certaine appréhension.

— Voilà, reprit-elle sur le ton de la confidence, il est plus que probable que la suppression du permis soit un alibi servi par les gendarmes pour ne pas nous effrayer. En réalité, Elias est un trafiquant de drogue qui a déjà un passé judiciaire long comme le bras. Suite à son contrôle, il sait désormais qu'il est repéré, il ne peut plus agir librement. Alors il a décidé de disparaître et d'aller monter son petit trafic ailleurs.

— Géniale, votre théorie. Maintenant, dis-moi : pourquoi un trafiquant de drogue ferait du baby-sitting pour gagner sa vie ?

— Comme tu es naïve, parfois, ma petite Cathy ! C'était une couverture, enfin, pour dissimuler ses affaires pas très catholiques.

— Et je suppose que ton amie tire ses déductions de son poste d'observation privilégié au-dessus de la pharmacie ?

— Oui, les nombreux allers et retours d'Elias étaient plus que suspects, c'est évident !

— Et donc, tu accuses la pharmacienne de complicité avec Elias ?

— Oh, écoute, je n'ai pas tous les détails, moi. Tout ce que je sais, c'est que ton Elias ne donne plus signe de vie depuis qu'il s'est fait choper par les gendarmes, et ça me suffit ! Il n'a pas la conscience tranquille, c'est sûr !

Vu son état d'esprit, je décidai de ne rien révéler de mes récentes découvertes, qu'elle aurait communiquées aussi sec à sa copine, la miss Marple de Saint-Niche au « jugement si sûr ». De toute façon, tante Lulu considérait désormais Elias comme un dangereux délinquant et, butée comme elle était, rien ne lui aurait fait changer d'avis. Il fallait que je me débrouille toute seule avec mes certitudes, même si celles-ci avaient été sérieusement ébranlées par ce que j'avais entraperçu chez Elias. En me voyant perdue dans mes pensées, Lulu reprit avec véhémence :

— Je comprends que tu sois déçue, Cathy, mais il faut te rendre à l'évidence : Elias, notre nounou barbue adorée, n'existe pas. Quelle que soit sa réelle identité, ce type est un menteur, un délinquant. Tu te vois lui apporter des oranges au parloir ? Parce que c'est ce qu'il va se passer : il va finir en prison, ma main à couper ! Bel exemple pour les enfants ! Et les clientes, tu y as pensé ? Quelle image pour le salon ! Non, crois-moi, ne t'acharne pas à vouloir comprendre ou à le chercher partout : mieux vaut que tu l'oublies très vite.

Je poussai un long soupir de lassitude ; tante Lulu n'avait pas tort, mais je n'avais pas envie de discuter, trop accablée, trop déçue pour cela. Sans un mot, j'ai posé ma tête sur son épaule. Alors, tout doucement, elle a passé sa main sur ma joue, comme elle faisait lorsque, gamine, j'avais du vague à l'âme parce que mes parents me manquaient.

— Tu es triste, je comprends, tu sais… C'est toujours difficile quand on réalise que la personne qu'on aime ne correspond pas à nos espoirs. J'ai connu ça avec Charles. Au commencement, tout allait pour le mieux. Gai comme un pinson, toujours le mot pour rire. Le samedi soir, il dansait la java comme personne, je peux te dire que, sur la piste de danse, on faisait notre petit effet, les gens nous appelaient les « Fred Astaire et Ginger Rogers du canton de Bergniac », pour te dire. C'est une fois mariée que j'ai découvert le spécimen dans toute sa splendeur : ah, il était joli le Fred Astaire qui passait ses soirées à jouer aux cartes et ses nuits je ne sais où… Tu sais, à l'époque, une fois qu'on avait la bague au doigt, c'était pas facile de l'enlever. Heureusement, les temps ont changé. Tu as la vie devant toi, Cathy, tu es jolie comme un cœur, tu finiras bien par le rencontrer, ton prince charmant sur son beau cheval blanc avec sa coupe au bol et ses hauts-de-chausse.

Elle me pinça le nez entre son pouce et son index en me scrutant d'un air malicieux. Les efforts qu'elle déployait pour me remonter le moral ne suffisaient pas, hélas, pour alléger le poids que je sentais peser sur mon cœur.

Nous restâmes là, muettes, collées l'une à l'autre dans le canapé nimbé des lumières virevoltantes du poste de télé. Je regardais machinalement l'écran sur lequel s'enchaînaient les publicités. Tous ces gens qui nageaient dans le bonheur juste en mangeant une certaine marque de poisson surgelé ou en conduisant un certain modèle de voiture, ça donnait presque envie. Si la vie pouvait être aussi simple… À présent, c'était au tour de McDo d'essayer de nous persuader que, en mangeant un hamburger à plusieurs étages dégoulinant de fromage fondu, on allait comme par enchantement atteindre le nirvana.

— Tu sais que Lucas est jaloux de sa sœur depuis que je l'ai emmenée au McDo la dernière fois ? dis-je pour essayer de changer de sujet.

— Il n'y a vraiment pas de quoi ! Je me demande encore comment ils n'ont pas réussi à faire interdire une horreur pareille dans notre région.

— Demain, je demanderai à Ghislaine d'assurer la fermeture, et j'emmènerai les enfants au McDo manger une glace après l'école. Ça leur changera les idées, ils en ont bien besoin. Elias va beaucoup leur manquer, ils s'étaient tellement attachés à lui.

— Eh bien ! Si tu les encourages dans leur vice, alors, on est fichues ! Ne compte pas sur moi pour cautionner cette cochonnerie ! s'écria tante Lulu.

— Tante Lulu, enfin, je ne leur commanderai pas un hamburger pour le goûter !

— Une glace, c'est pas mieux !

— Ne t'inquiète pas, je ne t'oblige pas à venir.

— Il ne manquerait plus que ça !

23

À l'approche du centre commercial, une pluie torrentielle se mit à tomber, recouvrant aussitôt le bitume d'une fine couche d'eau. En cette fin d'après-midi, le parking était bondé, mais je réussis à trouver une place pas trop loin du fast-food. L'intérieur du McDo offrait un contraste saisissant avec la fois précédente : pas une table de libre, et il fallait attendre que des gens se lèvent pour sauter sur leur place, le tout dans un bruit de conversation continu et assourdissant qui donnait envie de partir en courant.

— Vous ne voulez pas qu'on aille manger la glace dans la voiture ?

— Oh non ! fit Lucas, c'est nul la voiture. Regarde là-bas, il y a des gens qui partent ! En plus, c'est à côté de la fenêtre, comme tu aimes !

Mon fils connaissait déjà mes petites manies, ça faisait presque peur.

Pendant que nous attendions notre tour, je faisais le point dans ma tête sur les événements de la veille. Elias n'avait toujours pas donné signe de vie. Je m'étais endormie le téléphone dans la main, dans l'attente d'une réponse à mes multiples SMS. Aucune vibration ne m'avait, hélas, réveillée durant mon sommeil, et j'avais dû subir toute la journée les remarques inquiètes de Ghislaine sur mon teint de cachet d'aspirine et la taille des valises qui ornaient mes yeux.

— Avec ça, tu es parée pour faire le tour du monde !

Je m'étais forcée à rire pour donner le change auprès des clientes. Autant dire que cette journée avait ressemblé à un interminable tunnel, d'autant que la première phrase que Lucas avait prononcée quand j'étais allée le chercher à l'école avait été : « Elias est rentré à la maison ? » Déjà, le matin au lever, il m'avait posé la question.

— Il est où, Elias ? Chez les gendarmes ?

— Non, penses-tu, ils l'ont laissé partir très vite quand ils ont vu qu'il s'agissait d'une erreur. En ce moment, il est sûrement chez lui. Tu sais, il a une vie à lui, aussi, et plein de choses à faire. Et tante Lulu est guérie maintenant, Elias ne s'occupera plus de vous comme avant. Mais on continuera à le voir, bien sûr !

Je l'observai dans le rétroviseur. Comme moi, la veille, avec tante Lulu, il avait posé sa tête sur l'épaule de sa petite sœur juchée dans son siège auto, et regardait dans le vide.

— Tu es triste, Lucas ?

— J'ai envie de le voir. Mais s'il revient, c'est pas grave. Je peux attendre un peu… Mais pas trop quand même.

Quant à sa sœur, elle avait passé, selon Lulu, une partie de la matinée à rechercher « la nounou barbue » dans toutes les pièces de la maison, au début en riant, puis de moins en moins, pour finir par s'écrouler en pleurs au milieu du salon. En la récupérant pour aller au McDo, je l'avais consolée comme j'avais pu, lui expliquant qu'il allait revenir, très bientôt, qu'il ne fallait pas s'inquiéter. Toutes ces paroles de réconfort, je les adressais aussi à moi, car j'avais envie d'y croire, autant que Pilou.

Je n'avais pas réalisé à quel point Elias était entré dans la vie de mes enfants, à quel point ils l'avaient intégré dans leur quotidien, trouvant normal qu'il soit là le matin pour le petit déjeuner, la journée pour les jeux de Pilou, le soir pour les devoirs de Lucas, et les cours de dessin. Et, tout à coup, tout s'arrêtait. Pour eux, pour moi.

Toute la journée, j'avais espéré que l'on frappe à la porte, que ce soit lui. Peu m'importait ce qu'il avait pu faire, il me manquait déjà, je ressentais son absence, le vide qu'il avait laissé derrière lui, et toutes ces interrogations. Pourtant, j'aurais dû être en colère : disparaître aussi brutalement, sans donner aucune nouvelle, comme si rien ne nous unissait. Cela ressemblait à s'y méprendre à de la lâcheté, ce travers exécrable que j'avais déjà rencontré chez l'autre abruti de Denis.

Toujours dans la file d'attente qui n'en finissait pas, je décidai de prendre sur moi pour avoir l'air enjouée, en espérant être récompensée de mes efforts.

— Alors, vous êtes contents d'aller manger une glace ?

À ces mots, les deux loulous s'agitèrent, Pilou tapa dans ses mains, et Lucas me demanda s'il aurait le droit à une double ration, histoire de rétablir un peu d'équité entre sa sœur et lui.

On peut facilement détourner l'attention d'un enfant triste en évoquant un sujet plus attrayant. C'est plus difficile avec un adulte, j'en savais quelque chose.

C'est au moment où j'installais Pilou sur la banquette du McDo que j'aperçus le clochard de l'autre jour passer le long de la baie vitrée pour trouver refuge sous la verrière de la porte d'entrée. Il tenait le col remonté de sa veste serré autour de son cou, les yeux perdus dans le lointain. Elias avait discuté plusieurs longues minutes avec cet individu. Qu'avaient-ils pu se raconter ? Un fol espoir s'imposa à moi, reposant sur une hypothèse peu crédible : et si Elias connaissait ce type ? Si les deux hommes n'étaient pas étrangers l'un à l'autre, cela expliquerait cette conversation impromptue. Sans plus réfléchir, je tapai sur la vitre pour attirer son attention. Au bout d'une minute, il finit par remarquer mon manège et s'avança jusqu'à moi, une expression de surprise sur le visage. On ne devait pas souvent essayer d'entrer en contact avec lui. Il faut dire que son apparence n'était pas très engageante, avec ses cheveux rares qui lui balayaient les yeux, ses vêtements détrempés et usés jusqu'à la trame. Il pointa son index sur la poitrine, l'air de dire : « C'est bien moi que vous appelez ? » D'un signe de la main, je lui demandai de patienter.

— C'est qui ? demanda Lucas d'un air détaché tout en farfouillant dans son gobelet double portion de glace à la vanille.

— C'est un monsieur à qui je dois parler, j'en ai pour quelques minutes. Lucas, tu surveilles ta sœur, répondis-je précipitamment.

J'espérais que l'homme ne serait pas parti pendant que je traversais le McDo en direction de la sortie. Non, il était là à m'attendre sous la verrière, les mains dans les poches, comme si tout cela était parfaitement naturel. Ignorant tout du bonhomme, j'avais décidé de ne pas mentionner le nom d'Elias afin d'éviter qu'il ne me raconte n'importe quoi pour quelques pièces. S'il le connaissait, il saurait certainement son nom.

— Excusez-moi, monsieur, mais je vous ai vu ici il y a quelques semaines, vous étiez en train de parler à un homme, là sur le parking, je ne sais pas si vous vous souvenez.

Le type me sourit d'un air éteint.

— Faut voir.

De l'autre côté de la vitre, j'apercevais les deux loulous attablés, pour l'instant parfaitement calmes et concentrés sur leur glace. Mais je savais que ça n'allait pas durer, surtout en ce qui concernait Pilou, et je devais faire vite.

— C'est un homme assez grand, au moins une tête de plus que vous, avec une parka kaki… Ah oui, il porte une barbe et il a les yeux bleus.

L'homme sembla chercher dans ses souvenirs, les yeux rivés au sol.

— Ça ne me revient pas. Je parle à beaucoup de gens ici, vous savez. Enfin, j'essaie. Je demande quelques pièces pour m'acheter un sandwich. La plupart du temps, on m'envoie promener. C'est dur de vivre dans la rue, vous avez pas idée. Vous auriez pas une petite pièce, ou une cigarette pour moi ?

— Bien sûr.

Tout en sortant une pièce de 2 euros de mon jean, le détail m'est revenu.

— Il vous a donné un billet de 20 euros ! Ça doit pas arriver tous les jours, ça !

Son visage s'éclaira subitement.

— Je vois. Vous voulez sans doute parler d'Elias. Pourquoi vous me dites pas son nom ? Ça serait tout de même plus simple.

J'étais soufflée. Secrètement, je m'attendais à une réponse négative qui aurait été dans l'ordre des choses. Mais non, Elias possédait bien un lien direct avec ce SDF. À présent, j'appréhendais l'issue de cette conversation.

— D'où le connaissez-vous, si ce n'est pas trop indiscret ?

— Oh, le connaître, c'est un grand mot. Faut dire qu'il est pas très liant de nature. Disons que je l'ai croisé deux ou trois fois l'année dernière, pendant mes séjours à Vauclaire. Un jour, je l'ai aperçu à la bibliothèque, il regardait un livre sur la Renaissance italienne. Je me suis assis à côté de lui, on a discuté de peinture tous les deux, il avait l'air d'en connaître un rayon. Moi, j'aime bien la peinture, Léonard de Vinci, Michel-Ange. Lui, il était plus Raphaël, et Botticelli, surtout…

— La Vénus dans son grand coquillage, ajoutai-je pensivement.

— Je vois que vous connaissez, approuva l'homme avec satisfaction, avant de reprendre sur un ton fataliste : un jour, je l'ai plus vu, il avait disparu. Vous savez, à Vauclaire, ça va, ça vient.

De l'autre côté de la vitre, il y avait du mouvement. Pilou venait de faire tomber sa glace par terre et pleurait à chaudes larmes tandis que son frère me regardait d'un air impuissant.

— Vauclaire, c'est quoi ? Une prison ?

— Oh non, madame, j'ai jamais fait de prison, moi ! Vauclaire, c'est un hôpital, mais attention, pas n'importe lequel : un hôpital psychiatrique, un HP, comme on dit. Mais faut pas avoir peur, madame, je ferais pas de mal à une mouche. Il y a seulement que, de temps en temps, des voix viennent me parler et me font faire des bêtises. Oh, rien de bien méchant ! J'aime bien me promener tout nu, par exemple. Forcément, ça effraie un peu les gens, alors ils appellent les gendarmes, et les gendarmes m'emmènent à Vauclaire. Je suis connu là-bas.

— Et Elias, vous savez pourquoi il y était ?

— Il a jamais voulu me dire. Comme je vous disais, il est pas très bavard, le garçon. Pourquoi vous me posez toutes ces questions ? C'est un ami à vous ?

— Oui, un très bon ami... Vous ne sauriez pas où il se trouve, en ce moment ?

— Pas la moindre idée. Mais si vous le croisez, saluez-le de la part de Victor, de Vauclaire.

— Je n'y manquerai pas. Je dois y aller à présent, mes enfants s'impatientent.

Ainsi, je venais de découvrir un pan du « mystère Elias », la nouvelle pièce d'un puzzle qui révélait peu à peu une image aux contours de plus en plus inquiétants : Elias n'était pas cet artiste peintre débonnaire qui avait quitté Paris pour trouver l'inspiration dans nos campagnes. Elias avait écopé d'une suspension de permis de cinq ans, Elias buvait, Elias avait fait un séjour de plusieurs mois en hôpital psychiatrique. La somme de ces éléments paraissait suffisante pour prononcer un jugement sans appel : j'avais eu affaire à un fieffé menteur qui m'avait menée en bateau depuis le début. Cependant, il manquait une pièce capitale à verser au dossier : quelles étaient les raisons qui l'avaient poussé à travestir à ce point la réalité ? Une petite voix me disait que je ne pourrais pas tirer un trait définitif sur cette histoire tant que je ne saurais pas la vérité. Et cette vérité passait forcément par une entrevue avec lui. Encore fallait-il que je sois en mesure de le localiser !

La nuit était tombée depuis longtemps, et une fine bruine continuait de s'abattre sur la campagne environnante lorsque nous arrivâmes enfin à la maison, les enfants et moi. En nous attendant, tante Lulu avait préparé un gratin dauphinois qui finissait de cuire dans le four.

— Franchement, soixante kilomètres aller et retour, pour une glace, ça fait tout de même cher le cornet !

— Je sais bien, mais la balade a eu le mérite de leur changer les idées !

— Maman a parlé pendant très longtemps à un monsieur, et Pilou a fait tomber sa glace par terre, et, moi, j'en ai mangé deux!

En toute innocence, Lucas, qui s'était glissé discrètement entre nous deux, venait de nous faire son résumé de la sortie, ce qui ne m'arrangeait pas vraiment.

— Qu'est-ce que c'est que cette histoire? demanda tante Lulu, curieuse.

— Tu te souviens du SDF dont je t'ai parlé la dernière fois? C'était lui.

— Qu'est-ce qu'il te voulait pour discuter avec toi aussi longtemps?

— C'est moi qui suis allée le voir.

— Toi? Pour quelle raison?

— Pour... pour le questionner... Je voulais juste savoir s'il connaissait Elias. Voilà, tu es contente? Il ne le connaît pas, bien sûr... J'essaie d'explorer toutes les pistes, tu comprends, ce n'est pas normal qu'il ait disparu comme ça.

— Oui, eh bien, si j'étais toi, je cesserais d'explorer et je me concentrerais sur mes enfants et mon travail, voilà ce que je ferais!

Je sentais bien que tante Lulu avait recouvré tous ses moyens depuis qu'elle était revenue sur ses deux jambes et qu'elle trottait de nouveau comme un lapin (ou une locomotive, selon Lucas). Je retrouvais ma Lulu pleine d'énergie et de combativité, gonflée à bloc: il n'y aurait plus longtemps à attendre avant de subir de nouveau le couplet sur le «bal des célibataires» et «les beaux partis de monsieur le curé». Car, pour elle, la chose était entendue: il fallait désormais penser à l'avenir et oublier Elias aussi vite que possible. Aussi, c'est avec un certain soulagement que j'accueillis la nouvelle de son retour au bercail: dès demain soir, elle aurait réintégré ses pénates. J'avais un peu honte de ma réaction, après tout ce qu'elle avait accompli pour moi et les enfants. Mais j'avais aussi besoin de me retrouver seule, face à moi-même et à mes problèmes, qui plus est sans avoir à me justifier sur mes désirs : oui, je voulais retrouver Elias, malgré ma peur de me confronter à ses mensonges et d'affronter la réalité crue. Car, même si la perspective d'un futur heureux avec lui semblait s'éloigner de jour en jour, pour autant, il me semblait que notre relation n'appartenait pas encore au passé.

Je sortis dans le jardin pour téléphoner à Ghislaine : pouvait-elle gérer le salon seule, demain matin encore ?

— Tout va bien ? s'inquiéta-t-elle aussitôt.

— Bien sûr, dis-je avec légèreté, j'ai juste rendez-vous chez le docteur, pour une visite de routine, rien de grave.

Si visite il y avait, il n'était cependant pas certain que « routine » soit le qualificatif le plus approprié…

Dès le lendemain matin, sans rien dire à la tante qui m'aurait une nouvelle fois servi son sermon encore chaud de la veille, je me mis en route pour l'hôpital de Vauclaire, farouchement décidée à lever le voile sur le mystère Elias.

24

L'ÉTABLISSEMENT se dressait au beau milieu de la forêt de la Double, à une soixantaine de kilomètres au sud de Saint-Niche. Vu de l'extérieur, l'endroit, entouré de hauts murs mangés par le lierre, n'avait rien d'engageant. Par le portail principal, j'apercevais, tout au bout d'un chemin bordé de troènes méticuleusement entretenus, un bâtiment en meulière de quatre ou cinq étages, dessinant un large U. Comme il fallait s'y attendre, une barrière interdisait l'accès aux personnes non autorisées. Les difficultés commençaient. Je n'avais cependant pas fait tout ce chemin pour battre en retraitre devant le premier obstacle venu. Armée de mon plus beau sourire, j'avançai la voiture au niveau de la guérite du gardien, un homme entre deux âges, coiffé d'une casquette, qui me regarda baisser ma vitre d'un air blasé.

— Bonjour, je…

Sans même chercher à écouter l'histoire que je m'apprêtais à lui servir (j'hésitais encore entre « je suis la femme du docteur Machin » ou plus aventureux : « je suis le docteur Machin »), l'homme, tout en continuant de me dévisager, pressa le bouton qui se trouvait devant lui. Une fois la barrière levée, je lui adressai un signe de la tête timide en guise de remerciement, puis m'avançai sur le chemin au ralenti, comme un intrus effrayé à l'idée de signaler sa présence. Moi qui m'attendais à ce qu'on me demande de décliner mon identité, le but de ma visite, voire de remplir un questionnaire tatillon, j'étais servie : on entrait ici comme dans un moulin. Peut-être était-on plus regardant au moment de la sortie ?

Une fois garée sur le petit parking longeant le bâtiment principal, je pénétrai dans un hall carrelé en damier noir et blanc au bout duquel se tenait un comptoir qui prenait toute la largeur de la pièce. Derrière, une femme en blouse blanche s'affairait sur son ordinateur. Les choses sérieuses commençaient ici, précisément. Cette fois, les bobards du genre « je suis la femme du docteur Machin » ne tiendraient pas la route une seconde, il fallait jouer serré. Je décidai de m'échauffer avec une question basique.

— Bonjour, puis-je voir monsieur Rivière, Elias Rivière ?

La femme leva vers moi un regard interrogateur.

— C'est un patient, ajoutai-je avec un sourire.

— Les visites se font de 14 heures à 16 heures, articula-t-elle machinalement, tout en détaillant le contenu de son écran. Cela dit, je ne vois aucun patient à ce nom.

Même si je m'attendais à cette réponse, la question méritait d'être posée. D'autant qu'elle me servait d'entrée en matière avant d'attaquer les hostilités.

— Vous êtes sûre ? Vous pouvez vérifier une nouvelle fois, s'il vous plaît, dis-je en tapotant mon index sur le comptoir.

— C'est inutile, j'ai tous les noms devant moi.

— Vous avez tous les noms devant vous ? Pourtant, Elias Rivière, ça doit vous dire quelque chose, il a passé pas mal de temps ici, l'année passée.

— J'ai pris mes fonctions il y a deux mois, et quand bien même, je ne pourrais pas vous fournir ce genre de renseignements. Le secret médical, vous comprenez.

Il était désormais temps de passer à la seconde partie de mon plan qui, en toute franchise, comportait de grosses zones d'incertitudes quant au résultat. Après avoir pris une profonde inspiration, je me lançai dans mon numéro, sans aucun filet de secours.

— Comment ça, hurlai-je en abattant mes deux poings sur le comptoir avec une violence qui m'étonna moi-même, comment ça, vous ne connaissez pas Elias Rivière ? Mais comment osez-vous me servir des bobards pareils, à moi ? Bien sûr que vous le connaissez, espèce de grosse menteuse !

Ma voix, méconnaissable, rebondissait sur les murs et le plafond voûté dans un vacarme assourdissant.

Tout en répétant en boucle les mêmes vociférations, je me passais nerveusement les mains dans les cheveux en roulant des yeux hagards. La réaction ne se fit pas attendre : la femme écrasa d'un index inquiet le bouton d'une alarme dissimulée sous son comptoir. Quelques secondes plus tard, un bruit de pas précipités résonna derrière une porte battante qui s'ouvrit peu après avec fracas. Deux solides gaillards tout habillés de blanc apparurent alors et, d'un geste rodé par une longue pratique, m'empoignèrent chacun par un bras. J'en profitai pour redoubler de cris, ajoutant à mes élucubrations quelques menaces bien senties à l'encontre de ces deux empêcheurs de tourner en rond. Loin d'en être affectés, les deux infirmiers, le visage impassible de ceux qui en ont vu d'autres, me conduisirent avec beaucoup de calme jusqu'à une petite pièce située au fond d'un couloir du rez-de-chaussée. À l'intérieur se trouvait, en guise de seul ameublement, un lit en fer recouvert d'un matelas sans drap. En passant le seuil, je décidai de mettre fin à mes hurlements, devenus désormais inutiles.

— Faut pas vous mettre dans des états pareils, ma petite dame, dit le plus grand, un chauve aux oreilles décollées, en m'asseyant sur le lit.

— Quelqu'un va venir vous voir dans quelques minutes, ajouta l'autre avec un sourire crispé, tout en refermant la porte derrière lui. À clé.

La deuxième phase de mon plan avait donc parfaitement fonctionné : ma soudaine crise de démence était apparue assez réaliste et convaincante pour que l'on me considère digne d'occuper l'une des chambres de ce prestigieux établissement. De l'occuper de façon très temporaire, bien sûr. C'était du moins l'idée. Je me levai pour aller jusqu'à la fenêtre hermétiquement close. Dehors, dans une sorte de jardin entouré d'épais arbustes, quelques patients déambulaient au milieu d'allées sinueuses bordées d'une pelouse verdoyante. C'est donc ici, dans cet environnement hors du temps et des hommes, qu'Elias avait passé plusieurs mois de sa vie. Peut-être même avait-il, un jour, occupé cette chambre, dormi sur ce lit. L'idée me laissait une impression étrange. Il m'était impossible de l'imaginer entre ces murs, ou arpentant les allées de ce jardin, habillé d'un simple pyjama. Tout simplement parce que j'ignorais la raison de sa venue ici, son séjour ne pouvait s'inscrire dans aucune réalité tangible. L'addiction à l'alcool dont il souffrait n'était pas une raison suffisante, il y avait forcément une autre explication. C'est elle, précisément, que j'étais venue chercher.

En entendant s'ouvrir le verrou de la porte, je sus que la troisième et dernière partie de mon plan allait débuter d'un instant à l'autre. Le cœur battant, je vis un homme aux cheveux blancs et au visage émacié pénétrer dans la chambre d'un pas mesuré, les mains enfoncées dans les poches de sa blouse.

— Ça a l'air d'aller mieux, on dirait, dit-il calmement en s'asseyant à mes côtés, racontez-moi ce qu'il vous arrive. Je suis le docteur Chevet, vous n'avez rien à craindre de moi.

— Oui, ça va beaucoup mieux. Enfin… pour tout vous dire, ça n'a jamais été mal, je…

— Oui ?

Écrasée par le poids de l'émotion, je sentis ma respiration s'accélérer, mes mains devenir moites. Il fallait absolument que je me calme et que je m'explique posément. Si je laissais apparaître la moindre trace de confusion dans mes propos, je risquais de ne pas être crue, et les conséquences pourraient s'avérer désastreuses. N'oublie pas où tu te trouves, ma petite Cathy !

— Voilà, docteur, j'ai joué la comédie.

— Comment cela ? dit l'homme en fronçant les sourcils, visiblement intrigué.

— Oh ! Je sais bien ce que vous pensez : « On me l'a déjà faite, celle-là ! » Mais c'est la vérité : j'ai simulé cette crise à l'accueil, parce qu'il fallait absolument que je parle à un médecin.

— Il aurait peut-être été plus simple de demander un rendez-vous, non ?

— Non, je n'ai pas le temps d'attendre, il faut que j'obtienne une réponse le plus vite possible, et bon… c'est la seule solution que j'ai trouvée pour vous rencontrer. Est-ce qu'Elias Rivière a été votre patient ?

Durant un instant, l'homme abandonna la posture que les médecins adoptent généralement face à leur malade, mélange de neutralité et de bienveillance, pour laisser transparaître une expression soucieuse.

— Vous connaissez monsieur Rivière ?

Sans omettre un seul détail, je lui racontai tout, de son arrivée à la maison jusqu'à sa disparition soudaine, en passant par ma rencontre avec le sans-abri sur le parking du centre commercial. Lorsque j'eus achevé mon récit, il passa sa main dans ses cheveux en secouant doucement la tête.

— C'est ce que je redoutais depuis la première fois où il n'est pas venu à son rendez-vous. Ainsi ses vieux démons ont fini par le rattraper, dit-il le regard dans le vague, comme s'il s'adressait à lui-même.

Je n'aimais pas cette expression. L'immensité des désordres qu'elle pouvait recouvrir résonnait en moi comme une sourde menace.

— Qu'est-ce que vous entendez par « vieux démons », docteur ? Son problème avec l'alcool ? Ça ne peut pas tout expliquer, n'est-ce pas ?

— Non, bien sûr, l'alcool n'est qu'une conséquence, une conduite destructrice qui, paradoxalement, peut protéger momentanément des maux de l'esprit, de la souffrance psychique. Nous soignons les âmes en peine ici… Du moins, nous essayons, car certains combats durent le temps d'une vie… Hélas.

La voix douce et posée du médecin, son ton pédagogique censé apaiser mon inquiétude, me mettaient au contraire hors de moi. J'avais juste envie de l'attraper par les revers de sa blouse blanche et de le secouer jusqu'à ce qu'il se décide enfin à me livrer les informations qu'il détenait sur Elias. Prendre tous ces risques, être si proche du but, et finalement me retrouver face à un mur ? C'était insupportable. Prudente, je me retins néanmoins de passer à l'acte : je n'avais aucune envie de moisir dans cette chambre. Je finis par lâcher sur un ton résigné :

— C'est le secret médical qui vous interdit de m'en dire plus ?

— Je comprends votre frustration, reprit le docteur de sa voix prévenante, et l'espace d'un instant, j'eus l'impression d'être Pilou à qui on explique qu'il est grand temps pour une petite fille d'aller se coucher. Elias doit avant toute chose retrouver confiance en la vie ! Je ne peux pas vous en dire plus, croyez bien que j'en suis désolé.

— Selon vous, où peut-il se cacher ?

— Je n'en ai pas la moindre idée. En tout cas, il n'est pas ici, et je le regrette, croyez-moi.

Le médecin se leva avant de se diriger vers la porte, signifiant que notre entrevue s'achevait ici.

— J'ai une dernière question, docteur. Elias est-il… dangereux ?

La main posée sur la poignée de la porte, l'homme prit le temps de réfléchir tout en me dévisageant, puis finit par lâcher :

— Pour lui-même, certainement.

En remontant dans la voiture, ces paroles continuaient de résonner dans ma tête. Pour tout dire, j'étais loin d'être rassurée. Les mots du docteur avaient éveillé en moi une appréhension dont jusqu'à présent je n'avais pas vraiment conscience : être dangereux pour soi n'excluait pas qu'on le soit également pour les autres. Qu'allait-il se passer lorsque je tomberais nez à nez avec Elias ? Existait-il un danger ? Peu importe, j'étais prête à prendre le risque, même si cette singulière partie de cache-cache s'annonçait pour le moins corsée. Car, bizarrement, cet entretien avait renforcé ma détermination : j'allais retrouver Elias, quoi qu'il arrive, et il lèverait devant moi les zones d'ombre de sa vie.

L'après-midi, je retournai au salon. J'avais besoin de me vider l'esprit, et les analyses de Ghislaine sur la pensée de sa nouvelle idole Simone de Beauvoir tombèrent à pic.

— Comment ça, s'étranglait Ginette Branchu qui n'avait pas inventé l'eau tiède, comment ça, « on ne naît pas femme, on le devient » ? On est quoi, alors, à la naissance ? Un garçon ? C'est complètement idiot !

— Vous ne comprenez pas, répondait Ghislaine en avisant la cliente qui, outrée, trépignait sous son séchoir, c'est pas une histoire de zizi ou de frifri, c'est une sorte de métaphore, une image, si vous préférez.

— Oui, eh bien, en parlant d'images, je peux vous montrer la photo qu'on a prise de moi le jour de mon baptême, et vous verrez bien que j'ai pas eu besoin de « devenir une femme », comme elle dit, votre Simone. Dès le départ, j'étais une vraie petite jeune fille !

— Madame Branchu, je crois que vous êtes un cas désespéré, lâcha Ghislaine en levant les yeux au ciel.

Je posai aussitôt la main sur l'avant-bras de ma collègue, en signe d'apaisement : d'accord pour l'initiation à l'œuvre de Simone de Beauvoir, mais il ne s'agissait pas de faire fuir la clientèle.

En rentrant à la maison, seule dans ma voiture, le flux de mes pensées, libéré du babillage du salon, se concentra de nouveau sur le cas Elias : où se cachait-il ? Je n'avais aucune piste pour orienter mes recherches. Je devais lutter contre un sentiment d'impuissance totale qui commençait à me gagner : ne perds pas espoir, Cathy, surtout, ne perds pas espoir.

Plus tard dans la soirée, alors que j'étais occupée à dresser le couvert avec l'aide toute relative de Pilou, le téléphone sonna. Tante Lulu alla décrocher, probablement son bon ami Adrien, fou de joie à l'idée de la revoir enfin ! Les retrouvailles allaient être torrides et je l'enviais presque.

Lulu apparut soudainement dans la cuisine.

— Ça n'a pas duré longtemps, ce coup de fil.

— C'était madame Blavieux.

— D'habitude, vos conversations s'éternisent un peu plus. Vous vous êtes fâchées et tu lui as raccroché au nez ?

— Grand Dieu, non ! Je lui avais demandé l'autre jour de me tenir au courant si elle apercevait du mouvement du côté de la maison de ton Elias, vu qu'elle habite juste en face sur la place.

Je retins mon souffle.

— Et… ?

— Ça fait un bon quart d'heure que le premier étage est allumé.

25

Lorsque je me garai sur le parvis de la mairie, des rafales de vent et de pluie traversaient la place, agitant les branches dénudées des arbres. Au loin, un volet mal attaché battait contre un mur à intervalles réguliers, comme pour rythmer les bourrasques. Contre toute attente, les lumières de la maison d'Elias étaient éteintes. Pourtant, j'avais mis à peine cinq minutes pour arriver jusqu'ici, je ne pouvais croire qu'il avait déjà abandonné les lieux. Comme la fois dernière, la porte n'était pas verrouillée et je pénétrai dans le hall d'entrée, le souffle court et les sens en alerte. L'atmosphère fantomatique de cette maison, l'ombre des arbres qui se projetaient sur le sol du salon en tremblant tels des spectres accompagnaient les propos sibyllins du docteur qui ne cessaient de résonner dans mon esprit : « Je ne peux pas vous en dire plus. » Qu'allais-je découvrir dans cette demeure lugubre ? Durant un instant, submergée par l'angoisse, je faillis rebrousser chemin. Je me ravisai cependant : je n'avais pas accompli tous ces efforts pour abandonner au dernier moment, si proche de la vérité. C'était absurde. Prudemment, j'avançai de quelques pas en direction de la pièce principale. Bientôt, un parfum diffus de chèvrefeuille vint caresser mes narines : il était forcément là, quelque part, c'était une certitude. Oubliant toute prudence, je me mis à crier son nom, tout en parcourant le rez-de-chaussée à grandes enjambées, puis je montai à l'étage, visitant les pièces une par une : personne.

Parti le bel Elias, envolé, et moi, je me retrouvais seule avec mes espoirs déçus au milieu de cette maison vide et sans vie.

Abattue, je retournai dans le salon et m'affalai sur la seule et unique chaise de la pièce.

— Elias ! Putain, tu es où ? Réponds-moi !

Après cet effort inutile, je pris ma tête entre mes mains, posai les coudes sur mes genoux. Est-ce que ça valait encore le coup d'insister ? De toute évidence, Elias ne se souciait plus de moi. Sinon, il m'aurait fait un signe, il aurait au moins répondu aux SMS que j'envoyais. Là, rien. Depuis sa mésaventure avec les gendarmes, c'était comme si je n'avais jamais existé pour lui. À quoi bon s'acharner ? Je repensai à tante Lulu, qui me conseillait de l'oublier au plus vite, mais qui, dans le même temps, activait ses réseaux pour le retrouver. À croire qu'Elias était trop stupide ou trop égoïste pour réaliser la place qu'il occupait dans nos vies malgré ses mensonges et dissimulations.

Absorbée par la contemplation de mon propre accablement, je n'avais pas remarqué ce qui était pourtant devant mes yeux, sur le sol, depuis le début : le contour serti de cuivre d'une trappe dont l'existence se noyait dans le dessin du carrelage. Dans la région, les anciennes maisons possédaient souvent ce type d'aménagement : une cavité de taille variable, creusée à même la roche et qui servait à stocker le vin à température fixe, quelle que soit la saison. Tante Lulu en possédait une, mais ne l'utilisait plus depuis longtemps, car la descente s'opérait par une échelle à la solidité encore plus douteuse que celle de son fameux escabeau.

Mon acharnement à retrouver Elias coûte que coûte commençait à virer à l'obsession, je le sentais bien. Cependant, j'étais déterminée à n'exclure aucune piste, aucune possibilité.

Dans le foyer poussiéreux de la cheminée se trouvait un tisonnier grignoté par la rouille, mais encore suffisamment robuste pour me servir de levier. Je glissai la barre de métal dans l'interstice, et la trappe se souleva. Moins lourde qu'il n'y paraissait, je pus l'extraire de son logement et la pousser sur le sol. En se penchant au-dessus de l'ouverture rectangulaire à présent dégagée, on devinait les premiers barreaux de l'échelle, posée à même la paroi.

À quatre pattes, je cherchai à distinguer l'intérieur de la cavité, mais l'obscurité y était totale. C'était à pile ou face : soit les propriétaires avaient installé l'électricité, soit ils s'étaient depuis toujours contentés d'une simple bougie. En tâtonnant le long de la partie cimentée, je découvris qu'ils avaient opté pour la première solution. Ma main actionna l'interrupteur, et une faible lumière vint éclairer une série de bouteilles vides couvertes de toiles d'araignées et de poussière, abandonnées depuis des décennies sur le sol grossièrement taillé. C'était tout ce que j'étais en mesure de discerner, car la cavité devait s'étendre sous la pièce, inaccessible à ma vue. Malgré l'odeur de craie humide qui s'élevait de l'endroit, je remarquai rapidement, en surimpression, le parfum de chèvrefeuille que portait Elias. Il était là, à quelques mètres sous terre, si proche et, en même temps, si éloigné de moi, enfermé dans ce qui ressemblait à s'y méprendre à un tombeau. Le médecin m'avait mise en garde : Elias pouvait être dangereux pour lui-même. Dans quel état allais-je le retrouver ? Mon cœur se mit à battre un peu plus fort.

— Elias ? Je sais que tu es là, réponds-moi.

Pas de réaction. Il ne pouvait pas avoir commis l'irréparable en si peu de temps, ce n'était pas possible. Du moins, je me refusais à le croire. Plutôt que d'envisager le pire, j'en venais à me demander si cet effluve de chèvrefeuille existait bien, si je n'étais pas la victime d'une hallucination créée de toutes pièces par mon désir de le revoir enfin. Il fallait que je sache, et vite.

Après m'être abaissée par la force de mes seuls bras afin de poser mes pieds sur le premier échelon, je descendis enfin la dizaine de barreaux qui me séparaient du sol.

— Pourquoi tu fais tout ça pour moi ?

Je me retournai, Elias me faisait face, assis sur un vieux matelas au fond de la pièce, gisant au milieu des bouteilles vides entassées, le teint blafard, les traits tirés, le visage durement éclairé par l'ampoule à filament qui pendait au-dessus de lui.

À la vue de cet inquiétant spectacle, je reculai instinctivement d'un pas et me retrouvai le dos collé à la paroi humide de la cave. Je suffoquais, j'avais peine à reconnaître l'homme qui avait pris soin de mes enfants et avec lequel j'avais partagé des moments d'intimité. J'aurais dû prendre la fuite, mais j'étais comme paralysée par la scène, sidérée par la vision de l'inconnu qui me faisait face. Un long moment, je restai muette, immobile, sidérée. C'est alors que, contre toute attente, la peur fit place à la colère et les mots jaillirent, balayant toutes mes appréhensions :

— Ça fait plusieurs jours que je te cherche partout, plusieurs jours que tu as disparu sans rien dire, comme un voleur, plusieurs jours que je me fais un sang d'encre pour toi, et c'est tout ce que tu as à me dire ?

— Si tu savais comme j'ai honte. Je ne mérite pas ton affection. Pars, Cathy, cela vaudra mieux pour tout le monde.

Sa voix était détachée, presque désincarnée. Il me regardait à peine, mais, moi, je ne le quittais pas des yeux.

— Pas avant de savoir ce que tu fais là, enfermé dans cette cave !

— C'est ma punition. J'ai l'impression de m'être servi de toi, de tes enfants, et vous ne méritez pas ça. C'est minable.

— Servi de moi ? Je ne comprends pas. Alors, tu choisis de jouer les martyrs, tu préfères te lamenter sur ton sort dans ta prison plutôt que d'affronter la réalité ; si c'est ce que tu veux, je ne peux pas aller contre ta volonté. Seulement, je ne ressortirai pas de cette cave avant que tu m'aies donné des explications. On m'a déjà laissée tomber, ça va, je sais ce que c'est, j'ai déjà donné. Mais, au moins, je savais pourquoi, c'était clair.

Elias regardait ses mains, sans réaction.

— Tu ne veux pas m'expliquer ?

— Tu ne m'aimeras plus si je parle. Je ne suis pas celui que tu crois.

— Tu ne m'apprends rien. Vauclaire, ça te dit quelque chose ? Tu sais, l'hôpital psychiatrique…

— Comment as-tu appris ?

— Ça n'a aucune importance. L'important, c'est que tu m'expliques pourquoi tu m'as menti. Pourquoi m'avoir raconté que tu ne buvais pas une goutte d'alcool alors que la pièce du haut est jonchée de cadavres de bouteille ? Et pourquoi avoir conduit Lucas tous les matins à l'école alors que tu as écopé d'un retrait de permis de cinq ans ? Et pourquoi cette peine ? Qu'est-ce que tu as fait pour mériter ça ? Et elle est où cette fameuse grande toile sur laquelle tu travailles ? Pourquoi tous ces mensonges ? Mais, enfin, tu es qui, Elias ?

La peur m'avait lâchée, je m'étais agenouillée devant lui et l'avais saisi par les épaules, partagée entre la volonté de le secouer violemment et le désir encore prégnant de le prendre dans mes bras. Elias me lança un regard douloureux :

— Ça servirait à quoi que je te raconte…

— À sauver ce qui peut l'être. Ça dépend de toi.

Il me regarda de nouveau et je crus cette fois-ci percevoir, au fond de ses yeux bleus éclairés par la lumière électrique, comme une petite, une toute petite lueur d'espoir.

— Je voudrais que tu saches… avant tout…

Elias peinait à trouver les mots.

— Oui ? J'imagine que, pour toi, c'est difficile de parler, mais au point où nous en sommes, ça ne sert plus à rien de dissimuler quoi que ce soit. Regarde-nous, Elias, poursuivis-je d'un ton suppliant, regarde où on se trouve : dans une cave glaciale, pleine de poussière et de toiles d'araignée… Toutes ces bouteilles vides… Tu penses vraiment qu'on peut tomber plus bas ?

— Je voudrais que tu saches que je n'ai pas menti sur mes sentiments. Je suis… amoureux de toi, Cathy. Même s'il y a une partie de moi qui me l'interdit.

Je fronçai les sourcils : comment ça « une partie de moi » ? C'était un concept que j'avais du mal à saisir : soit on était amoureux, soit on ne l'était pas, il n'y avait pas de lutte possible, pas de demi-mesure. C'était mon point de vue, mais je le gardai pour moi. Pour éviter de le contredire alors qu'il semblait enfin décidé à parler. Et parce que cet aveu, prononcé en ma présence, me bouleversait. Je m'assis à côté de lui, sur ce matelas dégoûtant qui sortait d'on ne sait où, puis je posai ma main sur son épaule, doucement, pour l'inviter à continuer.

— Puisque tu veux connaître la vérité, je vais te la dire. Je te la dois. Mais tu ne pourras plus m'aimer après.

Il parlait d'une voix blanche, nettoyée de toute émotion.

— J'ai passé six mois à Vauclaire, l'année dernière. Auparavant, j'étais hospitalisé à Maison-Blanche, en banlieue parisienne, suite à plusieurs tentatives de suicide. Le médecin m'a ensuite proposé de me transférer en province, il pensait que ce serait bénéfique pour moi, de me retrouver dans un nouvel environnement. Mais où qu'il se trouve, un HP reste un HP. Malgré tout, je suis sorti peu à peu de la désolation qui empoisonnait ma vie. Pas complètement, juste assez pour pouvoir quitter l'hôpital. Le psychiatre m'avait assuré qu'avec les médicaments je devrais tenir le coup. De toute façon, ils ne pouvaient pas me garder plus longtemps.

— Tu as voulu mettre fin à tes jours ? Tu es dépressif, Elias, c'est ça ? C'est pour ça que tu bois et que tu nous as menti ?

Elias marqua une pause, j'avais l'impression qu'il luttait pour que les mots sortent de sa bouche. Soudain, tout jaillit d'une traite, comme les flots d'un barrage qui vient de rompre :

— En 2013, j'ai eu un accident de voiture. Le 25 décembre, à 3 heures du matin… Je m'en suis tiré avec trois côtes cassées, une épaule déboîtée. Paula, ma femme, et mon fils Elliot sont morts sur le coup. Il avait 4 ans. On avait passé la soirée du réveillon chez des amis. J'avais beaucoup bu, ils m'ont fait promettre de laisser le volant à Paula. Une fois sur le parking, je lui ai pris les clés des mains, et j'ai mis le contact. Je lui ai juré que tout allait bien se passer. Je me sentais invincible, rien ne pouvait nous arriver. À la sortie d'un virage, j'ai perdu le contrôle… J'ai tout perdu, ce matin-là, tout. À partir de ce moment, plus rien ne m'accrochait à la vie, c'était fini, foutu. J'ai balancé mes toiles, mon téléphone, tout ce qui me reliait encore à la réalité. Je suis entré dans ce trou noir, fait d'errances, de soûleries, pendant des mois. Je n'étais pas alcoolique, je le suis devenu, comme si je retournais contre moi l'arme qui avait tué ceux que j'aimais. Facile d'accuser l'alcool, alors que j'étais le seul responsable, tu ne trouves pas ? Mais la mort était trop lente à venir, j'ai décidé d'accélérer les choses, j'ai voulu me jeter par la fenêtre de mon appartement… Je n'ai pas eu le courage. Je suis resté plusieurs heures en équilibre sur la rambarde, jusqu'à ce que les pompiers viennent me chercher pour m'accompagner à l'hôpital. Quand le médecin psychiatre a vu dans quel état je me trouvais, il a décidé de m'interner. Tout d'abord, j'ai refusé le traitement : ma vie était devenue un tel néant, je ne voyais pas l'intérêt de me soigner. Mais le docteur Malet est un type exceptionnel : à force de persuasion, il a réussi à m'insuffler un semblant de vie. J'ai fini par y croire, un peu, tout restait très fragile. C'est là qu'il a décidé de me confier à son collègue le docteur Chevet, à Vauclaire. Je lui dois beaucoup, à lui aussi. C'est étonnant, toutes ces personnes qui m'ont épaulé, qui ont cru en moi, alors que, moi, je ne sais que semer la désolation sur mon passage. Quand je suis sorti de l'hôpital, j'ai décidé de m'installer dans la région. J'ai loué cette maison, j'ai fait venir mon matériel de Paris, j'ai acheté des toiles. Je n'avais pas vraiment besoin de travailler, la location de l'appartement que j'ai reçu en héritage suffit largement à mes besoins. Le projet était de reprendre les pinceaux, de me remettre au travail, de me « reconstruire », comme disait le docteur Chevet. J'étais de nouveau sobre, j'avais mes ordonnances de Baclofène et de petites pilules pour voir la vie en rose, et je devais passer à l'hôpital chaque mois pour les renouveler et faire le point de la situation…

Il s'arrêta, le souffle court, soulagé en partie du poids qu'il portait seul depuis trop longtemps. Et moi, bouleversée par le récit de cette existence fracassée, paralysée par le poids de son malheur, je restai muette, incapable de la moindre réaction. Il se tourna alors vers moi, planta résolument son regard dans le mien, pour ne plus le lâcher.

— Mais je ne suis pas retourné à l'hôpital, finalement… Je me souviens très bien du jour où je t'ai vue pour la première fois. Tu collais tes affichettes sur la porte de l'église. Tu étais si pleine de vie. Je t'ai suivie, au bar, à la supérette, j'étais fasciné par l'énergie que tu dégageais, moi qui en manque tant. Puis je t'ai vue à regret monter dans ta voiture et disparaître. Quand j'ai lu ton annonce, ça a été comme une évidence : tu étais le signe du destin que j'attendais sans trop y croire, la chance que je devais saisir, un faisceau de lumière au milieu de ma nuit…

Je ne pus m'empêcher de sourire à l'évocation de ces images un peu excessives, qui, dans la bouche d'Elias, me définissaient. Absorbé par son récit, il ne se rendit compte de rien et poursuivit :

— Avant de frapper à ta porte, j'ai longuement hésité, plusieurs jours. Est-ce que c'était vraiment une bonne idée de s'occuper d'enfants ? Est-ce que ça allait m'aider à sortir de mon gouffre ou, au contraire, faire resurgir d'un passé encore trop proche des souvenirs douloureux ? Et puis : étais-je quelqu'un de fiable ? Je me savais encore fragile, sûr de rien. Je savais aussi que, si je n'agissais pas rapidement, je finirais par en crever. Le soutien chimique des médicaments, ça ne dure qu'un temps. Un jour viendrait où je ne supporterais plus cette béquille, je le savais. Il me fallait quelque chose qui me donne une raison de vivre, j'avais envie tout simplement qu'on ait besoin de moi. Alors je suis allé te voir, en me promettant que, si la situation s'avérait trop dure à gérer, j'abandonnerais tout. De toute façon, j'avais tellement attendu pour prendre ma décision qu'il y avait peu de chances pour que la place soit encore libre. Au moins, ça m'aurait permis de te rencontrer, de te parler. C'était déjà quelque chose. Puis, finalement, je l'ai eue, cette place. Tu ne peux pas imaginer, c'était la première fois depuis si longtemps que je sentais un peu de chaleur dans mon corps et mon âme, c'était comme une résurrection. Ta tante est si gentille, tes enfants si adorables…

— Mais, Elias… tu nous as menti, pour le permis. Tu en as conscience ?

— Je sais, j'ai commis une grosse erreur, une de plus qui s'ajoute à la liste. J'imaginais naïvement que je pourrais emmener

Lucas à l'école sur le porte-bagages de mon vélo, je l'avais même aménagé pour ça, avec un revêtement rembourré. Mais ta tante s'est montrée inflexible ce jour-là : c'était la voiture ou rien. Et rien, je ne voulais pas. Je suis désolé de vous avoir menti, mais c'était au-dessus de mes forces. Aujourd'hui, ça me retombe dessus, cruellement.

— Tu ne veux pas qu'on monte à l'étage ? Je meurs de froid ici. Il y a une cheminée dans le salon, et il doit bien y avoir un reste de bois dans le jardin, j'imagine ?

— Sous l'auvent, oui.

— Allez, viens, on monte. On n'a pas fini de parler, tous les deux.

26

REMETTRE la cheminée en route nous permit de faire une pause, et nous en avions bien besoin.

Une fois le feu démarré, j'allai chercher la chaise de la cuisine, et nous nous installâmes côte à côte en face de l'âtre, les mains tendues devant nous pour réchauffer nos doigts engourdis. La lueur des flammes se reflétait sur le visage d'Elias. Il restait là, silencieux et concentré, comme si, désormais, la balle était dans mon camp.

— Tu sais, je suis montée dans la pièce du haut, j'ai vu les bouteilles sur le sol. Tu n'avais plus de médicaments et tu as fini par replonger, c'est ça ?

— Ce n'est pas un problème de médicaments, j'avais réussi à amadouer la pharmacienne. Mais il fallait que j'y retourne souvent, car elle préférait me rationner, ça la rassurait. Seulement... j'ai vu arriver le jour de Noël. Je redoutais ce moment comme chaque année depuis le... Là, c'est comme si les pilules n'avaient plus aucun effet. Je me réveillais en pleine nuit, des images terrifiantes devant les yeux, des visions d'accident, d'incendie. Je voyais nettement le visage de mon fils, de ma femme, ils étaient là, vivants et riant à mes côtés, et, l'instant d'après, ce foutu virage, et plus rien. Je ne suis pas venu au réveillon, car il fallait que je reste seul, que je passe ce moment loin de tout. Et là, j'ai replongé, j'ai bu au point de sombrer dans une sorte de coma, et c'est la vibration du téléphone qui m'a sorti de mon trou noir. C'était toi, ajouta-t-il avec un sourire timide, mais je n'étais pas en état de répondre, il m'a fallu plusieurs heures pour revenir à la réalité.

— Mais… Et ton voyage à Paris ? Le réveillon avec ta sœur et tes neveux ?

— Je suis désolé, Cathy… Je n'ai pas de sœur… pas de neveux… J'ai imaginé cette histoire pour toi, pour justifier mon expérience auprès des enfants. Cette expérience, elle est réelle, tu sais. Il s'agissait de *mon* enfant…

Je restai sans voix. Bien sûr, c'était un nouveau mensonge que je découvrais, mais je réalisais que chacun d'eux ne servait qu'à camoufler une part de la souffrance d'Elias. Travestir la réalité, c'était la seule solution qu'il avait trouvée pour essayer de s'en sortir. Je ne pouvais pas lui en vouloir pour ça. J'en étais là de ma réflexion lorsqu'il reprit :

— Tu sais, quand je parlais de « trou noir », c'est à peine une image. Ton appel, même si je n'y ai pas répondu, a été décisif pour moi, le point de départ de quelque chose de nouveau : le sentiment que je n'étais pas seul, que quelqu'un pensait à moi quand je n'étais pas là, dans tous les sens du terme, que je comptais pour quelqu'un. Et ce quelqu'un c'était toi. Mais j'avais peur, et j'ai toujours peur, de t'entraîner dans un chemin cabossé, plein de trous, de descentes et de remontées… De toute façon, après ce qu'il s'est passé, la question ne se pose plus vraiment.

Je sentais les larmes me monter aux yeux à l'idée qu'un bonheur que je tenais presque entre mes mains quelques jours auparavant était peut-être en train de m'échapper. Pour dissimuler mon trouble, je déposai une nouvelle bûche dans le foyer, observai les flammes le temps que la chaleur sèche mes joues, puis revins m'asseoir. Elias était clairvoyant. Il avait encore trop de choses à régler de son côté pour que notre histoire puisse s'épanouir. Mais je n'avais pas l'intention de capituler.

Sans rien dire, je me tournai vers lui et passai mes bras autour de son cou. Il prit ma tête entre ses mains et m'embrassa longuement. Nous restâmes enlacés ainsi, dans cette position inconfortable, mais je sentais son cœur battre à travers sa parka entrouverte et j'étais bien.

Pour la première fois, je devinais qu'il s'abandonnait totalement à notre étreinte, comme s'il n'avait plus besoin de mentir, ni à moi ni à lui-même.

— Tu sais que Lucas veut devenir peintre, artiste peintre, évidemment.

Elias sourit.

— Tu as éveillé une vocation en lui, c'est formidable, repris-je. Mais toi, tu en es où ?

— Je n'y arrive pas. J'ai un blocage qui ne disparaîtra peut-être jamais, l'idée même de prendre un pinceau en main, de déboucher un tube de couleur, me dégoûte.

— Ça va être difficile de raconter ça à Lucas, tu sais. Il a très bien entendu quand tu nous as dit que tu travaillais sur une grande toile, tu te souviens ? Il m'a demandé l'autre jour quand on la verrait. Pour lui, tu es son « maître à dessiner », un modèle à suivre. Tu penses vraiment qu'il va se contenter longtemps d'un professeur qui a rangé son matériel au grenier ?

Elias me dévisagea, cherchant à savoir s'il avait bien compris. Oui, dans mon esprit, c'était une allusion très claire à l'avenir, un avenir plus ou moins lointain, j'en avais bien conscience, mais terriblement concret à mes yeux. Elias et moi, c'était de l'histoire future, il suffisait qu'il en ait l'envie et la volonté.

S'il arrivait à trouver cette force en lui, je serais là, je l'attendrais jusqu'à son retour.

Qu'il me fasse juste signe.

27

Le lendemain matin, je profitai du petit-déjeuner pour parler aux enfants. Après deux heures de sommeil à peine, je me trouvais dans un état second, inondée de fatigue, les nerfs à fleur de peau. Je rassemblai mon courage pour leur expliquer que j'avais vu Elias, la veille. Tout allait bien, il avait dû aller à Paris pendant deux jours et n'avait pas eu le temps de prévenir. En plus, il avait oublié son portable chez lui.

Lucas m'écouta attentivement, partagé entre la joie et l'incrédulité. Bien sûr, il était content d'avoir enfin des nouvelles d'Elias, mais tout de même, cette histoire de voyage… Il avait beau n'avoir que 7 ans, il était déjà difficile de lui raconter n'importe quoi. Et, en effet, mon histoire ressemblait très fort à du grand n'importe quoi. Mais ce n'était pas le plus important : je savais que la nouvelle que je m'apprêtais à leur apprendre allait les affecter tous les deux, en commençant par Lucas.

— Comme vous le savez, maintenant que tante Lulu est rétablie, c'est elle qui va s'occuper de vous, comme avant. Ça veut dire qu'Elias ne viendra plus. D'ailleurs, il a déjà trouvé un nouveau travail, assez loin d'ici. Du coup, il est obligé de déménager.

— Et on ne le verra plus jamais ?

— Mais si, bien sûr ! On va le revoir, promis ! Par contre, je ne sais pas quand. Donc il ne faut pas me demander demain ou après-demain : « Quand est-ce qu'il vient nous voir, Elias ? » OK ?

— Il est parti, Elias ? a demandé Pilou qui venait juste de comprendre.

— Oui, mais il reviendra, ma chérie, ne t'inquiète pas.

— Pourquoi il n'est pas venu nous voir avant de s'en aller? Et comment je vais faire pour devenir un vrai dessinateur? a dit Lucas, inquiet.

— Elias est désolé, il aurait aimé vous embrasser, mais il était vraiment trop pressé, il n'a pas pu... En tout cas, il m'a dit qu'il fallait que tu continues de dessiner le plus possible, et quand il reviendra, tu lui montreras toutes tes nouvelles œuvres. Il pourra voir les progrès que tu auras réalisés. Il est certain que tu vas en faire beaucoup, des progrès, car tu es doué! C'est lui qui le dit, tu peux lui faire confiance.

En les regardant manger silencieusement leur tartine, j'avais prié pour qu'Elias tienne un jour sa promesse: revenir, dans un mois, dans un an, mais revenir. Il n'avait pas le droit de me décevoir encore une fois.

Il y a quelques heures, au moment où les premières lueurs du matin avaient commencé à gagner le salon de sa maison, je lui avais demandé où il prévoyait d'aller, ce qu'il comptait faire. Il m'avait juste répondu que je devais avoir confiance en lui, même si c'était difficile. Je n'avais pas insisté. Puis il m'avait proposé de sceller un pacte: pas de téléphone, pas de SMS, aucun contact jusqu'au jour de son retour. Ce jour-là, on reprendrait tout à zéro, on pourrait enfin commencer notre histoire. C'était en quelque sorte à prendre ou à laisser. J'avais pris.

Je comprenais sa démarche: il désirait par-dessus tout faire le vide en lui, se couper de tout, pour renaître débarrassé de ses démons et, enfin, aborder une nouvelle vie. Il avait l'air déterminé, et j'avais envie d'y croire avec lui. Mais lorsque ce jour serait arrivé, aurais-je encore un rôle à jouer dans cette nouvelle vie? Pour lui, la question ne se posait même pas. Mais est-on en mesure de prévoir les sentiments qui nous habiteront demain? Il n'en savait rien, pas plus que moi.

Tout ce que je pouvais faire en attendant, c'était poursuivre mon petit chemin, comme avant, tout en espérant que son plan fonctionne et qu'un jour le destin nous réunisse pour de bon.

La vie d'avant Elias reprit donc son cours, immuable et monotone. Tante Lulu avait recommencé ses allées et venues, mais on ne la voyait guère plus les dimanches et les lundis, qu'elle passait avec Adrien, désormais son amoureux attitré. Dire qu'elle ne voulait plus entendre parler des hommes il y a encore quelques mois : le changement était spectaculaire ! J'ignore si c'était l'amoureux ou tout simplement le poids des ans sur ses épaules, toujours est-il que la tante éprouvait les plus grandes difficultés à se lever le matin pour monter dans sa voiture et venir jusqu'à la maison. C'était plus de son âge, répétait-elle, et elle avait bien raison. Heureusement, à la rentrée de septembre, Pilou commencerait la maternelle, et toutes ces allées et venues ne seraient plus nécessaires. La fin d'un cycle, en quelque sorte, un nœud dans le fil du temps qui, plus tard, servirait à mesurer le chemin parcouru.

Désormais, les week-ends me semblaient longs sans Elias. J'avais du mal à parcourir de nouveau les chemins que nous avions empruntés, lors des sorties du dimanche, quand nous étions tous ensemble et qu'il poussait en riant tante Lulu sur son fauteuil le long du sentier qui menait au vieux moulin ou des rivages touffus et herbeux de la Vélèze. Les enfants aimaient cette promenade, ils la réclamaient souvent. Je leur faisais plaisir, mais c'était pour moi un supplice.

Lucas ne parlait pas d'Elias. Cependant, il continuait de dessiner, chaque jour, sur le petit chevalet de table qu'il lui avait offert. C'était sa façon à lui de montrer qu'il ne l'oubliait pas. Quant à Pilou, elle avait élevé le petit lutin à barbe blanche, la « nounou barbue », au titre de doudou préféré, celui qui avait l'honneur de partager son sommeil, tout comme les goûters qu'elle organisait autour de sa dînette avec sa pléiade de poupées. En somme, puisque Elias n'était plus là, elle l'avait remplacé par cette figurine en tissu, et semblait parfaitement s'en contenter. Elle, au moins, ne risquait pas de s'échapper. Parfois, j'enviais sa façon de s'arranger avec la vie.

Les semaines passaient, sans événements marquants. Vu que je ne parlais jamais d'Elias, tante Lulu s'était convaincue que j'avais fini par l'oublier. Elle en profita pour relancer le grand projet qui lui tenait tant à cœur : me trouver dans les environs un gentil compagnon bien sous tous rapports, parce que « dame, il ne va pas te tomber tout cuit dans le bec ! ». Dans le but de forcer un peu la main au destin, elle avait absolument tenu à me présenter le neveu d'Adrien, un apiculteur installé du côté de la Roche-Blagniac. « C'est un brave garçon », m'avait glissé Adrien, imaginant probablement qu'il était impossible de résister à un tel argument. « Puis, avait complété tante Lulu, ce n'est pas un mauvais parti. Pas loin de neuf cents kilos de miel l'année dernière, ça en fait des pots ! »

Pour ne pas les vexer, j'avais fini par accepter une invitation à déjeuner, un dimanche midi chez la tante. L'apiculteur m'avait apporté un gros pot de miel de sa production. Il s'appelait Bernard, il avait 42 ans, célibataire, et il semblait effectivement très gentil. Mais pas du tout mon genre. Ce repas qui, au moins, aurait dû un peu me changer les idées, m'avait tout au contraire accablée. À chaque fois que Bernard abordait un quelconque sujet, émettait un avis, je ne pouvais m'empêcher d'imaginer les mots qu'aurait prononcés Elias dans les mêmes circonstances. Évidemment, l'apiculteur était sorti grand perdant du comparatif. Il ne suffisait pas qu'un homme soit aimable pour qu'aussitôt on tombe amoureuse. C'était juste un petit peu plus compliqué que ça. Je connaissais déjà toutes ces choses, et ce repas n'avait finalement servi qu'à confirmer mes convictions. Il avait également confirmé autre chose : malgré le temps qui passait, Elias me manquait toujours autant.

28

Le printemps venait de commencer, et jusque-là, j'avais honoré ma promesse. Ne pas appeler, ne pas envoyer de SMS. J'avais respecté le contrat, et, pourtant, plus les jours passaient, plus je le trouvais inhumain, intenable : comment vivre sans nouvelles de la personne qu'on aime, sans même savoir où elle est, si elle est bien ? On peut tout au plus faire semblant en prétextant que tout roule. Mentir aux autres et se mentir à soi-même, comme au salon : « Ça va, Ghislaine, ce matin ? Oui, et toi ? Super ! » Sourires forcés, juste pour donner le change. De toute façon, ma pétulante collègue aurait bien été incapable de déceler mon tourment intérieur, focalisée qu'elle était sur le bonheur qui l'habitait tout entière depuis une petite quinzaine.

— Je sais bien que ce n'est pas très charitable de se réjouir de la mort de quelqu'un, disait-elle en fronçant les sourcils, mais je m'en fiche.

En effet, l'acariâtre Caroline avait, pendant une séance d'époussetage de la bibliothèque de son époux, malencontreusement réceptionné sur le sommet de son crâne les œuvres complètes de Victor Hugo reliées pleine peau, édition notoirement luxueuse et lourde. Au bas mot, une bonne vingtaine de kilos lui étaient tombés dessus sans crier gare, ne lui laissant aucune échappatoire. Le mari avait, au retour du marché, découvert le corps de la malheureuse Caroline étendu au milieu des volumes assassins. Apprenant la nouvelle, Ghislaine s'était rendue toutes affaires cessantes au chevet du veuf, l'assurant de son soutien le plus complet et le réconfortant de sa présence dévouée. Depuis les funérailles, il ne se passait pas un jour sans qu'elle ne lui rende visite, une bonne bouteille sous un bras, une boîte de confit de canard sous l'autre.

— Le pauvre, c'est qu'il a besoin d'être réconforté après le choc qu'il a subi. Ce n'est jamais drôle de retrouver son conjoint les bras en croix. Même si c'était une belle peau de vache !

Force était de constater que le brave homme, revigoré par les soins prodigués par mon affectueuse collègue, reprenait chaque jour un peu de poil de la bête, et lui vouait pour cette raison une reconnaissance sans bornes, et probablement au-delà.

Dès lors, selon Ghislaine, l'issue de cette belle aventure ne faisait aucun doute : une fois la période de deuil réglementaire achevée, ils pourraient enfin laisser éclater leur amour au grand jour. Et tant pis pour le qu'en-dira-t-on. Elle avait enfin trouvé le compagnon qui s'accordait à merveille à son tempérament fougueux : doux, gentil, affectueux, jamais un mot plus haut que l'autre. Et « cerise sur le gâteau » comme disait Ghislaine en joignant les mains dans un geste de ravissement : « Il a lu tout Simone de Beauvoir ! »

J'étais contente pour elle, et je dois dire que j'enviais l'épilogue simple et heureux de son histoire, alors que la mienne flottait dans un brouillard de plus en plus épais : déjà plus de deux mois qu'Elias était parti, soixante-dix jours de séparation scellée par un silence de plomb. Pour tenir le coup, je me repassais en boucle les photos conservées dans mon téléphone, où il apparaissait souriant et détendu aux côtés des enfants et de tante Lulu. Puis il y avait mes souvenirs, qui me tenaient lieu d'album à feuilleter. Dedans se trouvaient tous les moments que nous avions vécus ensemble, les bons, mais aussi les moins bons, concentrés dans les dernières pages, que j'aurais bien aimé découper et jeter à la corbeille. Dans un coin de ma tête, il y avait aussi cet album tout neuf, plein de feuillets vierges qui ne demandaient qu'à se remplir...

Je finis par craquer, et lui envoyer un SMS, un soir, emmitouflée dans ma couette. Je pensais que ça allait me porter chance.

Mais je crois que, au fond de moi, je savais que cela ne servirait à rien, que je n'obtiendrais pas de réponse. Cependant, le simple fait de taper sur mon clavier « comment vas-tu ? Je pense à toi » m'avait offert l'impression de sortir de ma passivité, l'espace d'un instant. Un apaisement éphémère et bien insuffisant.

Peut-être m'avait-il oubliée, tout simplement ? Peut-être était-il passé à autre chose : il avait rencontré une femme, était rentré à Paris... Tout restait possible. Dans ce scénario, la petite Cathy, du fond de sa Dordogne, n'aurait pas pesé bien lourd.

Le lendemain, j'eus envie de lui envoyer un nouveau SMS, l'inciter à me faire signe si, lui et moi, ça voulait encore dire quelque chose. Juste un signe, je me serais contentée de peu, même un vulgaire smiley jaune m'aurait suffi. Mais à quoi bon ? De toute façon, il n'aurait pas répondu.

J'avais la curieuse impression de m'être transformée en veuve de guerre, accablée d'un deuil secret pour un homme disparu lors d'un conflit connu de moi seule. Au salon, je restais de plus en plus souvent le regard perdu, une mèche de cheveux suspendue en l'air entre mes doigts immobiles, tandis que l'autre main actionnait dans le vide une paire de ciseaux inutile. Alors Ghislaine toussotait, et je revenais à la réalité.

— Qu'est-ce que tu as, Cathy ? Ça fait déjà trois fois aujourd'hui que tu t'arrêtes en plein milieu d'une coupe, comme une statue de sel. C'est franchement pas terrible pour la clientèle, tu sais.

Bien sûr, je n'avais jamais rien dit à Ghislaine de mon histoire avec Elias, elle aurait trouvé tout cela trop bizarre. Pareil pour tante Lulu qui était, de toute façon, convaincue qu'il était en cavale, la police à ses trousses, et qu'on n'en entendrait plus jamais parler, sinon au journal de 20 heures. Je restais donc seule avec mes inquiétudes, personne pour me rassurer ou me conseiller de passer à autre chose, gentiment, avec tact, comme on parle à un malade qui ignore qu'il est condamné.

Je le sentais bien, je sombrais peu à peu dans la déprime. Oh ! Pas la méchante dépression, pas de quoi aller à l'hôpital comme Elias, non, juste le coup de blues permanent qui laisse tout juste la force de continuer à assurer le quotidien, pour les enfants, pour ne pas perdre la face.

Puis il y eut ce coup de sonnette à la porte, c'était un samedi après-midi, à 15 h 25 précises, Pilou était en pleine sieste, Lucas jouait dans sa chambre.

Par chance, je ne travaillais pas. Ghislaine, persuadée que mes absences étaient le signe d'un sérieux surmenage, m'avait la veille ordonné – ou presque – de rester à la maison. Du coup, j'avais fait une heureuse en la personne de tante Lulu, qui avait pu tranquillement demeurer chez elle à préparer des confitures avec son chéri.

Et si c'était Elias ?

Cela ne pouvait être que lui !

J'ouvris la porte à la volée, le souffle court. La déception fut grande en découvrant ce moustachu en bleu de travail, tout essoufflé, qu'il aurait été bien impossible de confondre avec mon Elias.

— C'est bien vous, madame Bordas ? Bordas, Cathy ? Eh bien, c'est une chance ! Pas facile de vous trouver. Le bahut est plus bas, impossible de venir jusqu'ici avec votre chemin défoncé. Il y a un colis pour vous. Le temps d'aller le chercher, j'en ai pour trente secondes.

J'étais tellement déçue que je faillis lui dire qu'il pouvait le garder, son colis : qu'est-ce que je pouvais bien en avoir à faire ? Je me retins cependant. Tout d'abord parce que le pauvre gars n'y était pour rien, ensuite parce qu'il avait su, malgré cette lassitude qui m'accablait, allumer chez moi une étincelle de curiosité.

— Vous êtes certain que ce n'est pas une erreur ? Je n'ai pourtant rien commandé.

— Vous vous appelez bien Cathy Bordas ?

— Oui.

— Alors c'est pour vous.

Il retourna à son camion en grommelant et revint peu après avec, entre les bras, un objet enveloppé de papier kraft, de la taille d'un grand matelas, mais beaucoup moins épais.

— Vous savez ce que c'est ? dis-je en m'écartant de la porte pour laisser passer le livreur.

— Ça, madame… Je suis payé pour livrer des colis, pas pour savoir ce qu'il y a dedans, rigola-t-il. Je vous le pose dans l'entrée, c'est pas très lourd.

Après son départ, je commençai à inspecter la chose à la recherche d'une adresse d'expéditeur, mais en dehors de mon nom écrit grossièrement au marqueur, l'emballage était vierge. Je déchirai alors le papier qui enveloppait le tout, d'abord timidement, en attaquant par un coin, puis fébrilement dès que je compris à quoi j'avais affaire.

Une toile. D'Elias. Aucun doute là-dessus : qui d'autre que lui pouvait m'envoyer un tableau ?

Une fois le cadre découvert dans son intégralité, je cherchai immédiatement la signature. Elle était bien présente, en bas à droite : « E. Rivière ». Je ne pus m'empêcher de la toucher du bout des doigts, de sentir le renflement de la peinture qui formait chaque lettre sur la toile. Ainsi, il avait repris ses pinceaux… C'était la nouvelle tant espérée, le signe que j'attendais depuis si longtemps : il allait mieux, beaucoup mieux.

Pourquoi ne me l'avait-il pas apporté lui-même ? C'était frustrant. Après réflexion, cependant, le procédé ne m'étonnait pas plus que ça de la part d'Elias. Il devait avoir ses raisons, des raisons bien à lui que j'étais bien en peine de deviner toute seule.

Le cœur battant, je reculai de quelques pas afin d'avoir une vision globale de l'œuvre.

Il s'agissait, dans un style plus réaliste, moins torturé que les quelques toiles que j'avais pu voir sur le Net, d'une scène de repas pris dans un jardin, à l'ombre d'une maison imposante aux façades envahies par le lierre. Là, autour d'une large table recouverte d'une nappe blanche, se tenaient cinq personnages que j'identifiais aussitôt : au bout, tel un chef de famille vénéré, je trônais, lumineuse. À ma droite, Elias et Lucas ; à ma gauche, tante Lulu et Pilou. Tout le monde semblait prendre du bon temps, heureux et épanoui. Les branches d'un arbre qui s'allongeaient au-dessus de nos têtes étaient couvertes de fleurs. C'était le printemps, la renaissance après un long et douloureux hiver.

Voilà le message que cherchait à me transmettre Elias, et je l'avais si bien reçu que je ne pus m'empêcher de laisser couler mes larmes. Tout en reniflant, je me demandai une nouvelle fois où il se trouvait, pourquoi il n'était pas là pour m'annoncer lui-même, de vive voix, la bonne nouvelle. Peut-être avait-il ménagé une surprise ? Peut-être se trouvait-il en ce moment même sur le palier de la maison, attendant le moment propice pour me surprendre ? Je courus ouvrir la porte d'entrée, m'avançai jusqu'au milieu du chemin, scrutant à droite et à gauche, mais non, mon idée était décidément trop folle, trop romanesque probablement. Trop crétine aussi : pourquoi se serait-il caché comme un gamin farceur alors que je l'attendais depuis des mois ? Le procédé aurait été presque cruel, et cela ne lui ressemblait pas.

Lorsque je revins à l'intérieur, Lucas se tenait devant le tableau, immobile et silencieux.

— C'est Elias qui l'a peint ?

— Oui, mon chéri.

— Alors il va revenir nous voir ?

Lui aussi avait reçu le message cinq sur cinq. Pourtant, il ignorait tout des raisons du départ d'Elias. Au premier coup d'œil, cependant, il avait senti que quelque chose se tramait.

— Je ne sais pas.

— Si, il va revenir… Tu as vu, c'est drôlement ressemblant. Quand je serai plus grand, moi aussi, je ferai un tableau avec toute la famille dessus, tu verras. Mais je me demande quand même comment il a fait pour peindre tout ça, on est jamais allés dans cette maison… Tu sais où ça se trouve ?

Lucas décolla alors la toile du mur et passa sa tête à l'arrière.

— Qu'est-ce que tu fabriques ? dis-je, étonnée.

— Elias m'a dit qu'il fallait toujours écrire le titre du tableau derrière, pour ne pas oublier… Je crois que j'ai trouvé.

Une fois le châssis retourné, je vis cette grande feuille collée au dos de la toile, recouverte de l'écriture d'Elias. Une invitation pour se rendre à Ginestou, une petite ville située à une trentaine de kilomètres de Saint-Niche. Au 2, rue des Mésanges, précisément… Le mot se terminait par : « Je vous attends pour midi. Il devrait faire beau, ne soyez pas en retard. Je vous embrasse tous. Et toi, Cathy, je t'embrasse le double. »

29

Le lendemain, aux alentours de midi, la vieille 405 d'Adrien arriva devant le haut portail en fer forgé du 2, rue des Mésanges, avec toute la famille à son bord.

— La grille est ouverte. Qu'est-ce que je fais ? J'y vais ? questionna un Adrien, soudain très soucieux des convenances.

— Tu vois une sonnette, toi ? dit tante Lulu. Non ? Alors, roule !

J'avais eu un peu de mal à convaincre tante Lulu de nous accompagner. La veille, juste après avoir découvert « l'invitation » au dos du tableau, je lui avais téléphoné. Au début, elle ne voulait rien entendre : aller voir Elias, mais, enfin, je n'avais pas compris la leçon ? Certes, elle avait fini par admettre que sa théorie fumeuse mettant en scène un Elias trafiquant de drogue ne reposait que sur les allégations un tantinet fantaisistes d'une madame Blavieux en surchauffe. Toutefois, cet homme restait à ses yeux un dissimulateur, un menteur, qui s'était lâchement évanoui dans la nature au premier coup de semonce. Sans trop rentrer dans les détails, je lui avais alors raconté l'histoire d'Elias, le drame qu'il avait vécu, sa dépression. Volontairement, j'avais tu les causes de l'accident. Si, moi, j'avais réussi à pardonner, je savais que tante Lulu se montrerait moins coulante. Boire un petit coup, raconter des bêtises, comme Adrien, d'accord. Prendre le volant avec sa famille à bord, ça, non ! Même Charles n'aurait jamais fait une chose pareille. Bon, il faut dire qu'il n'avait pas le permis, c'était plus simple. Mais tout de même !

Moi, j'avais un autre point de vue. Quoi que l'on ait pu faire, on avait droit à une seconde chance, pensais-je sincèrement. Et je ne laisserais personne empêcher Elias d'en profiter, lui aussi. Je me lançai donc dans un long et vibrant plaidoyer que tante Lulu écouta jusqu'au bout, sans m'interrompre une seule fois, ce qui était assez rare chez elle. Après un long silence, elle avait pris la parole :

— C'est terrible cette histoire, mon Dieu… J'ai du mal à imaginer ce qu'il a dû traverser. Malgré sa conduite, j'ai toujours été convaincue qu'Elias est un gentil garçon. Il s'est toujours montré si gentil avec nous, et s'est occupé de moi comme l'aurait fait un fils. Dieu sait que ça n'a pas dû être facile tous les jours de me supporter, moi et mes râleries, clouée dans ma chaise roulante. Tout de même, ma petite fille, reprit-elle avec une voix pleine de gravité, reste sur tes gardes : tu crois vraiment que tu peux de nouveau lui faire confiance ? Tu es toujours amoureuse, je l'entends bien à la façon dont tu parles de lui. Méfie-toi tout de même, les sentiments camouflent souvent la réalité, et si, par malheur, ils disparaissent, la vérité te saute aux yeux, et le danseur de java tout fringant laisse la place au mari volage.

— Je connais ton histoire, tante Lulu, mais elle n'a rien à voir avec la mienne.

— Peut-être que je radote, n'empêche : j'ai l'impression que tu oublies un peu vite que ce garçon est resté de longs mois en hôpital psychiatrique. Ça doit forcément laisser des traces, une dépression aussi lourde, peut-il même en guérir vraiment un jour ?

— Elias est guéri, définitivement.

— La bonne blague ! Comment tu peux être aussi sûre de toi ? Ça fait une éternité que tu ne l'as pas vu !

Je lui avais alors raconté l'histoire de notre pacte de silence, du tableau, de la symbolique qu'il représentait pour Elias et moi : le signe d'une renaissance, la marque d'un nouveau départ. Là encore, elle m'avait écoutée avec beaucoup d'attention, avant de lâcher :

— Je vois que tu ne m'avais pas tout dit. En fait, pendant tout ce temps, tu attendais qu'il revienne, tout simplement.

— C'était un secret entre lui et moi. Si je t'en avais parlé, tu aurais sans doute levé les yeux au ciel. Cela dit, ça m'aurait évité tes manigances d'entremetteuse pour essayer de me caser.

Elle avait ri de bon cœur :

— Promis, je ne t'embêterai plus avec ça. Après tout, tu es une grande fille, tu sais ce que tu fais, j'imagine. Alors, je vais te parler franchement, ma Cathy : ne tiens pas compte des paroles d'une vieille femme qui en a bavé dans son existence. Chaque histoire est unique, et la tienne ne ressemblera pas à la mienne, je le sais. Mon vœu le plus cher, c'est que tu sois heureuse, tu comprends ? Quoi qu'il arrive, je serai toujours à tes côtés, du moins tant que je serai de ce monde… Au fait, je ressemble à quoi exactement sur ce fichu tableau ?

— Tu es resplendissante ! Vraiment ! Il t'a réussie à la perfection !

— Oh, je n'en doute pas ! Mais, si tu le permets, je vérifierai tout ça de mes propres yeux demain matin, quand on viendra te chercher avec Adrien…

La 405 emprunta un petit chemin caillouteux bordé de pins qui menait directement à la maison. Lorsque la voiture s'immobilisa, je la reconnus aussitôt : avec son lierre galopant sur la façade, c'était la demeure qui servait d'arrière-fond au tableau ! Un peu plus loin, sur l'herbe, à l'ombre d'un grand arbre en fleurs, une large table nappée de blanc dressée pour le déjeuner confirma mon intuition. Finalement, Elias était beaucoup plus romantique que je ne l'aurais imaginé ! Habillé d'une simple chemise blanche et d'un pantalon en lin couleur écrue, il apparut enfin sur le perron, radieux, les cheveux coupés courts et – mon Dieu ! – sans sa barbe ! Débarrassé de cette envahissante pilosité, je pouvais enfin découvrir l'arrondi de son visage, la fossette enfantine qui ornait son menton et, surtout, son sourire lorsqu'il tendit les bras vers moi. Il n'eut pas le temps de descendre les marches que je l'avais déjà rejoint. Tout en le serrant fort, je l'embrassai goulûment sur la bouche, appréciant le doux contact de sa peau fraîchement rasée. Provisoirement rassasiée, je desserrai mon étreinte de quelques centimètres afin de l'admirer à ma convenance.

— Elias ! Ça te change !

— C'est exactement ce que je me suis dit la première fois en me regardant dans la glace ! J'ai presque eu du mal à me reconnaître : idéal pour un nouveau départ, non ?

— En tout cas, tu es magnifique !

Accaparés par nos retrouvailles, nous avions juste oublié que nous n'étions pas seuls au monde. En bas des marches, tante Lulu, Adrien et Lucas nous observaient, un sourire bienheureux aux lèvres. Seule exception à cette belle unanimité, Pilou affichait inexplicablement sa mine renfrognée des mauvais jours.

Elias descendit pour les embrasser, même Adrien eut droit à ses quatre bises.

— Ça me fait plaisir de vous revoir tous ! s'exclama Elias, en serrant une tante Lulu les joues rosies par l'émotion.

— J'ai vu ma trombine sur votre tableau, enchaîna-t-elle, c'est la première fois que je me voyais en peinture, ça m'a fait tout drôle ! En tout cas, bravo, c'est drôlement réussi. Comment vous avez fait pour vous souvenir de tout ? Il y a même mon grain de beauté sur la joue droite !

— C'est parce que je vous avais là, répondit Elias en désignant son front de l'index. Et, ici aussi, compléta-t-il en posant la main sur son cœur, ce qui eut pour effet d'empourprer un peu plus la tante.

Pendant ce temps, Pilou, le visage toujours fermé, dévisageait Elias en fronçant les sourcils. Remarquant son mutisme, il s'accroupit à côté d'elle pour se mettre à sa hauteur et demanda :

— Eh bien, Pilou, tu n'es pas contente de me revoir ?

En guise de réponse, elle extirpa du fond de sa poche sa poupée fétiche et la secoua par la barbe :

— T'es pas Elias, toi… T'es pas la nounou barbue.

Tout le monde se mit à rire. On avait enfin compris le problème qui la taraudait : sans sa barbe, Pilou ne reconnaissait plus Elias. Il la souleva de terre et la porta au niveau de son visage :

— Alors, tu vois bien que c'est moi ! Regarde mes yeux, ils sont de quelle couleur ?

— Bleus !

— Et qui a les yeux bleus ?

— Elias… Mais c'est pas toi !

Il la déposa à terre en rigolant.

— Eh bien, la disparition de la barbe n'a pas que des supporters, on dirait !

Tante Lulu s'insurgea :

— Ah, moi, je vous trouve beaucoup mieux sans, ça fait plus… enfin, ça fait moins…

— Je vois ce que vous voulez dire, tante Lulu. Vous préférez, quoi ! Et toi, Lucas, j'espère que tu as apporté tes dernières œuvres ?

Lucas fit la grimace.

— J'ai fait plein de peintures, mais elles étaient trop moches, j'ai tout jeté à la poubelle.

— C'est dommage, j'aurais bien aimé y jeter un œil. Cela dit, ce n'est pas du temps perdu, ça t'a permis de te faire la main.

— J'aimerais bien que tu me donnes encore des conseils. Mais, maintenant, tu habites trop loin…

— On va voir comment on peut s'arranger, ne t'inquiète pas, fit Elias en lui passant la main dans les cheveux.

— Bon, c'est pas le tout, intervint brusquement Adrien qui, lorsque l'hydratation de son gosier était en jeu, oubliait toute courtoisie. On a fait un long voyage, on a eu chaud, et, pour ne rien vous cacher, je boirais bien un petit coup, moi !

— Mais enfin, s'étrangla tante Lulu, quel grossier personnage tu fais !

— Il n'a pas tort, intervint Elias, allez tous vous installer autour de la table, là-bas, pendant que Cathy et moi, on va chercher les boissons.

Une fois à l'intérieur, je ne portai aucune attention aux pièces que nous traversions pour atteindre la cuisine. Impatiente d'en apprendre plus, j'attrapai Elias par la taille afin qu'il n'échappe pas à mon interrogatoire.

— On est où, ici ?

— Chez moi !

Je le regardai, incrédule, et mon expression eut l'air de le mettre en joie.

— Paris, c'est fini pour moi, définitivement. Après avoir mis l'appartement de Paris en vente, j'ai commencé à chercher une propriété dans les environs. J'ai emménagé ici il y a à peine une semaine. Enfin… emménager est un bien grand mot : à part mon matériel de peinture, je n'avais rien. Heureusement, l'ancien propriétaire a laissé tous les meubles, c'était compris dans le prix.

— Mais ton tableau, celui que tu m'as envoyé, tu l'as peint ici ?

— Bien sûr que non, ça m'a pris tout de même un peu plus de temps. Je l'ai peint à l'hôpital où je me suis rendu chaque jour, ces derniers mois, en taxi, si ça peut te rassurer. Quand nous nous sommes quittés, dès le lendemain, j'ai repris contact avec le docteur Chevet, qui m'a raconté ta visite à Vauclaire. Je lui ai expliqué où j'en étais. Il m'a proposé des entretiens quotidiens avec lui, le matin. L'après-midi, je participais aux ateliers d'art-thérapie. Au début, ça a été très difficile, j'ai vraiment dû lutter contre moi-même. Le docteur m'a été d'une grande aide : grâce à lui, peu à peu, j'ai réussi à prendre de la distance avec ma culpabilité. Il m'a bien fait comprendre qu'elle ne disparaîtrait jamais complètement, mais qu'il fallait que j'arrive à la dépasser pour finalement vivre avec. Tu sais, j'ai beaucoup pensé à toi durant ces deux mois, c'est toi qui m'as donné le courage d'aller jusqu'au bout, sans même que tu le saches. Et il y a eu ces ateliers. Au début, j'y allais, je m'asseyais sur une chaise et je regardais les autres modeler de la terre ou peindre des bouquets de fleurs, en me demandant si mon envie reviendrait un jour. Là encore, c'est toi qui m'as sauvé ! Tu te souviens de ta demande ? Ce portrait qui t'aurait fait tant plaisir, mais que je t'avais refusé... Pris de court, j'avais avancé une excuse : un grand tableau qui absorbait soi-disant toute mon énergie, et qui n'existait que dans mon imagination... Et là, j'ai eu un flash : pourquoi ne pas allier les deux, une toile immense, avec toi comme sujet, et tous ceux qui avaient tant compté pour moi ces derniers mois. Le résultat, il est chez toi, à présent... Cathy, j'ai retrouvé mon envie, elle est là, ancrée en moi !

— Et nous deux, alors ? demandai-je timidement.

Il prit un air d'incompréhension.

— Nous deux ? Tu sais, cette maison est immense, beaucoup trop grande pour un pauvre peintre solitaire.

Il baissa les yeux, comme pour faire le plein de courage, puis poursuivit :

— Alors j'ai pensé... enfin, si tu en as envie, évidemment... que tu pourrais t'installer ici, avec les enfants, et puis, tante Lulu et Adrien, pourquoi pas ?

Je le regardai, comme sidérée, la bouche entrouverte, incapable de prononcer un mot. Il dut prendre ce silence pour une sorte d'hésitation, alors il ajouta, presque en s'excusant :

— Bon, d'accord, pour le moment, il manque encore les chats, les poules, les lapins, les moutons, et les murs ne sont pas en pain d'épice... Mais, pour le reste, ça ressemble pas mal à ton rêve, tu te souviens ? Enfin, je crois. Prends tout le temps qu'il te faudra, je ne veux pas te brusquer.

Je lui adressai un sourire qui valait toutes les réponses du monde. Il me prit alors doucement la main.

— Viens, il faut que je te montre quelque chose.

Il m'entraîna au premier étage avec un empressement que je ne lui connaissais pas. Au fond du couloir, il poussa une porte puis s'effaça devant moi.

— Entre, je t'en prie, dit-il, en s'écartant avec cérémonie pour me laisser découvrir les lieux.

Il s'agissait d'une grande chambre avec, sur le côté, un vaste lit, très haut, agrémenté d'une tête en bois ouvragée telle qu'on en trouvait dans la région il y a des lustres. En face, une immense fenêtre donnait sur le jardin ensoleillé.

— J'ai pensé que ça pourrait être notre chambre, dit Elias en regardant tout autour de lui. Alors, qu'est-ce que tu en dis ? ajouta-t-il avec une pointe d'appréhension.

— C'est une proposition vraiment intéressante, monsieur Rivière. Toutefois, il y a un léger problème.

— Ah bon, lequel ?

— Ça, et ça, et puis ça, aussi, dis-je en désignant tour à tour les meubles de la chambre, il va falloir tout changer !

— C'est ça le problème ? s'étonna-t-il, visiblement soulagé.

— Le seul et l'unique, promis, dis-je en m'avançant vers la fenêtre.

Il vint se coller derrière moi, posa les mains sur mes épaules et je sentis son souffle tiède et réconfortant sur ma nuque.

— Tout ce que tu voudras, me glissa-t-il au creux de l'oreille.

Nous restâmes là, immobiles et silencieux, à profiter des premiers rayons du printemps encore timides.

En bas, Lucas et Pilou se couraient après, en riant, puis on vit Lulu sortir de la maison, les bras chargés de bouteilles de jus de fruits, suivie de près par Adrien, maugréant les mains dans les poches.

— On dirait qu'ils n'ont pas eu la patience d'attendre notre retour, enfin… surtout Adrien, j'imagine, dis-je en riant.

— Le pauvre, il doit être déçu, il n'y a pas une goutte d'alcool dans la maison, dit Elias pensivement. Mais j'y pense, ajouta-t-il en me serrant un peu plus fort contre lui, puisqu'ils ont fait tout le travail, inutile de se presser. Qu'en penses-tu ?

Je me retournai avec une lenteur toute calculée et plongeai mon regard dans le sien : avais-je bien compris ?

Elias me porta jusqu'au lit où il me déposa délicatement, sans toutefois parvenir à étouffer les grincements du vieux sommier. Puis il s'allongea à mes côtés et, le souffle court, commença à me couvrir de baisers tandis que ses mains partaient à la découverte de mon corps.

J'avais bien compris !

PEFC
10-31-2541
Certifié PEFC
Ce produit est issu
de forêts gérées
durablement et de
sources contrôlées.
pefc-france.org

Composé par Soft Office

Achevé d'imprimer par Normandie Roto Impression s.a.s.
sur du papier Munken print cream 80g
N° d'imprimeur : 1900738
Dépôt légal : mars 2019

Imprimé en France